BESTIÁRIO
BRASILEIRO

Histórias como foram ouvidas por
LUIZ ANTONIO SIMAS

Ilustrações de
BÁRBARA QUINTINO

BESTIÁRIO BRASILEIRO

Monstros, visagens e assombrações

© do texto, Luiz Antonio Simas, 2024
© das ilustrações, Bárbara Quintino, 2024
© desta edição, Bazar do Tempo, 2024

Todos os direitos reservados e protegidos pela lei n. 9610 de 12.2.1998.
É proibida a reprodução total ou parcial sem a expressa anuência da editora.

Este livro foi revisado segundo o Acordo Ortográfico da Língua Portuguesa de 1990, em vigor no Brasil desde 2009.

- **EDIÇÃO** Ana Cecilia Impellizieri Martins
- **COORDENAÇÃO EDITORIAL** Cristiane Andrade Reis e Joice Nunes
- **ASSISTENTE EDITORIAL** Bruna Ponte
- **COPIDESQUE** Mariana Oliveira
- **REVISÃO** Fernanda Guerriero Antunes
- **CAPA E PROJETO GRÁFICO** Daniel Justi
- **ILUSTRAÇÕES** Bárbara Quintino
- **ASSISTENTE DE ILUSTRAÇÕES** PriWi
- **ACOMPANHAMENTO GRÁFICO** Marina Ambrasas
- **IMPRESSÃO** Leograf

CIP-BRASIL. CATALOGAÇÃO NA PUBLICAÇÃO
SINDICATO NACIONAL DOS EDITORES DE LIVROS, RJ

S589b
Simas, Luiz Antonio
Bestiário brasileiro: monstros, visagens e assombrações / Luiz Antonio Simas. – 1. ed. – Rio de Janeiro : Bazar do Tempo, 2024.
192 p.: il.; 19 cm.

ISBN 978-65-85984-22-5

1. Folclore - Ficção brasileira. I. Título.

24-93793
CDD: 869.3
CDU: 82-3(81)

Gabriela Faray Ferreira Lopes – Bibliotecária – CRB-7/6643

2ª reimpressão, julho 2025

 BAZAR DO TEMPO
Produções e Empreendimentos Culturais Ltda.

Rua General Dionísio, 53 - Humaitá
22271-050   Rio de Janeiro - RJ
contato@bazardotempo.com.br
www.bazardotempo.com.br

Abrindo 11

Os olhos de fogo
de **ANHANGÁ**
17

CRISPIM,
o Cabeça de Cuia
21

O **VAREIRO
ENCANTADO**
e a barca
dos mortos
24

CAPELOBO,
o raptor de cérebros
29

O **CORPO-SECO**
que a terra não quis
32

CURUPIRA,
o moleque matreiro
37

A cabeça de fogo
da **CUMACANGA**
43

A **MULA** sem Cabeça
46

JOÃO GALAFUZ,
o anunciador de
tempestades
50

O **BOITATÁ**,
fogo-fátuo
54

ANA JANSEN e a
carruagem fantasma
61

A **SERPENTE**
de São Luís
64

DOM SEBASTIÃO,
o touro coroado
69

O **CÃO**
danado de agosto
72

JACI JATERÊ,
o guardião de tesouros
78

SACI-PERERÊ,
o encantado travesso
83

O vaqueiro
que virou **ONÇA**
86

ONÇA CABOCLA
e Pai-do-Mato
91

PAPA-FIGO, o monstro
de nome enganador
94

PALHAÇO do Coqueiro
99

O malvado
ROMÃOZINHO
102

MATINTA PERERA,
a rasga-mortalha
107

O **FANTASMA** de
Poço Redondo e o
Cangaceiro Degolado
111

LABATUT, o devorador
de carne humana
117

MAPINGUARI,
o ciclope amazônico
123

CAIPORA,
a encantada das matas
126

Comadre
FULOZINHA
130

UIARA,
a sereia
134

O **COME-LÍNGUA**
e o Pé-de-Garrafa
140

O **LOBISOMEM**
brasileiro
147

Nasceu o
filho do **DIABO**!
153

A LOIRA
do Banheiro
157

A GALEGA
do cemitério
161

RECIFE, a cidade
assombrada
165

A **MULHER**
da Capa Preta
169

O **VELHO** do Saco
173

O **FANTASMA**
do Largo da
Segunda-feira
177

Teatros
ASSOMBRADOS
181

Fechando 187

Referências 190

Abrindo

MONSTROS SÃO CRIATURAS que escapam a tudo aquilo que imaginamos como o padrão natural do humano. Extraordinários, bizarros, gigantescos, minúsculos, cruéis, amáveis, violentos, mansos, fantásticos, esquisitos, eles podem ser também homens, mulheres e crianças que se transformam em vampiros, lobisomens, matintas, botos, mulas sem cabeça etc.

Há um elemento comum entre os tipos de monstros presentes nas mais diversas culturas: eles não se encaixam nos padrões vistos como normais por aquela sociedade. Assim, o que um determinado grupo social define como monstruoso diz muito sobre o que ele considera humano e desumano, natural e sobrenatural, normal e anormal – e cada grupo seguirá uma visão própria, portanto, o que é monstruoso para uma cultura pode não ser para outra.

É verdade que, em geral, achamos que os monstros ameaçam destruir a ordem social ou moral que organiza uma comunidade. São inúmeros os exemplos de mulheres que, ao afrontar o machismo vigente em certos grupos, foram retiradas da caixa da normalidade e associadas ao bestiário ameaçador dos monstros. Curiosamente, porém, às vezes os monstros cumprem a função de garantidores da ordem. Não é raro, por exemplo, que crianças questionadoras, agitadas, levadas ou resistentes ao sono sejam ameaçadas com histórias terríveis de monstros que podem puni-las por esses comportamentos.

Visagens, para o imaginário fantástico, são aparições que escapam àquilo que definimos como realidade: fantasmas, espíritos de mortos, seres de outro mundo, miragens do futuro, bolas de fogo correndo pelas ruas, mulheres de branco que aparecem nas portas de cemitérios e em banheiros de colégios.

Monstros e visagens fazem parte do grupo das assombrações, assim como tudo aquilo que não se vê, mas se sente ou escuta: as janelas e portas que se abrem sozinhas, um assobio vindo de um lugar onde não se vê vivalma, uma gargalhada inusitada, um pio de coruja cortando o silêncio da noite, um piano que toca sozinho, a voz que canta em um teatro vazio, o arrepio que faz a gente acender a luz no meio da madrugada.

Neste livro, proponho um passeio pelas culturas fantásticas do Brasil, apresentando às leitoras e aos leitores de todas as idades histórias de monstros, visagens e assombrações, sem a pretensão de definir o que é mito, lenda, folclore, mentira, verdade ou coisas do tipo. Isso fica por conta de quem lê.

Admito ter escrito este livro pensando especialmente nos jovens hipnotizados pelas telas dos celulares e pelos games, cada vez mais distantes das experiências que podem ser vividas nas ruas, as alegrias e os medos diversos que a vida ao vivo e em cores podem nos trazer. O Brasil pode ser tão divertido, fantástico e assustador quanto o mais emocionante jogo de ação passado nos tempos dos vikings ou samurais. E muito mais.

Ao selecionar os personagens sobrenaturais deste livro, segui dois critérios. Um deles é o que posso definir como histórico, que abarca monstros relevantes na cultura brasileira, desde os primeiros relatos da presença de seres extraordinários, produzidos no século XVI. É o caso do Curupira e do Boitatá, mencionados pelo padre José de Anchieta em seus escritos a respeito das populações originais do Brasil, que já passeavam por aqui quando ocorreu a invasão portuguesa, em 1500.

O outro critério é o afetivo, que diz respeito aos monstros que assombraram a minha infância: a Loura do Banheiro, o Homem do Saco, o Bebê Diabo e o Cangaceiro Degolado, que assustou a minha avó quando ela era menina, em Alagoas. São, em sua maioria, monstros urbanos, ao contrário do fabulário em que o extraordinário quase sempre habita o ambiente rural. Em alguns casos, o histórico e o afetivo se confundem.

Por fim, uma confissão: eu continuo tendo medo de assombrações. Não sei se acredito em fantasmas e monstros, mas acredito em quem afirma ter visto e relata a experiência com detalhes e convicção. Por via das dúvidas, toda noite ainda mantenho alguma luz da casa acesa – e aconselho que as leitoras e os leitores, nem que seja por precaução, façam o mesmo.

LUIZ ANTONIO SIMAS

Os olhos de fogo de ANHANGÁ

AO ADENTRAR A FLORESTA, um caçador decide evitar animais fortes e ariscos e atacar somente fêmeas grávidas ou filhotes que ainda são amamentados para, assim, facilitar a caçada. Subitamente, surge na frente do malvado um enorme veado branco com olhos flamejantes e chifres vultosos. O sujeito perde a caça, mas o pior está por vir: todo tipo de infortúnios se anuncia àquele que cai na maldição de Anhangá.

As citações ao Anhangá são as mais antigas da história do Brasil a respeito de visagens fabulosas. Viajantes e padres que por aqui estiveram no século XVI relatam que essa criatura fazia parte do dia a dia do povo tupi. O Anhangá é geralmente descrito como uma assombração das florestas que prenuncia desgraças e infortúnios a quem entra na mata para praticar a caça predatória.

Na visão do povo Sateré-Mawé, da Amazônia, Anhangá é um espírito capaz de assumir diversas formas. Ele pode se metamorfosear em um veado branco com olhos de fogo, disposto a apavorar caçadores que ameacem fêmeas que ainda amamentam e seus filhotes, como também pode surgir na forma de tatu, boi, gente e peixe (normalmente um pirarucu gigantesco), sempre com a intenção de proteger os animais da crueldade dos homens. A transmutação, aliás, é um poder comum a diversos seres fantásticos do Brasil.

E como saber se é o Anhangá que está à sua frente? A dica é reparar sempre nos olhos. Se estiverem em chamas, como duas grandes fogueiras ardentes, é ele! Prepare-se para as consequências...

Curiosidade

Segundo Luís da Câmara Cascudo, grande estudioso das mitologias brasileiras, deve-se aos jesuítas certa confusão entre o Anhangá e Anga – espírito que depois de morto, sem assumir a forma de um corpo, aterrorizava os viventes e as almas dos recém-mortos, causando pavor entre os tupis. O padre José de Anchieta o comparou a um demônio; mesma coisa fez o poeta Gonçalves Dias, no poema épico "Caramuru".

O fato é que, provavelmente em virtude da catequese jesuítica, fundamentada na oposição entre bem e mal típica do cristianismo e disposta a interpretar o mundo com base em suas convicções, o Anhangá acabou sendo comparado injustamente ao Diabo.

CRISPIM,
o Cabeça de Cuia

EM TEMPOS ANTIGOS, aqueles que caminhavam pelas margens ou navegavam pelo rio Parnaíba, no Piauí, morriam de medo de encontrar o Crispim, uma das figuras mais assustadoras da região.

Dizem que Crispim foi uma criança terrível, capaz de matar a própria mãe ao colocar sorrateiramente um osso pontudo de boi na sopa dela. A praga lançada pela mulher em agonia depois de comer o osso pegou.

Pragas de mãe, na cultura popular, sempre pegam. Crispim foi transformado em um monstrengo tenebroso, com uma cabeça duas vezes maior que a cuia da sopa que levava o fatídico osso.

Envergonhado da própria imagem disforme, Crispim foi morar nas margens do rio e passou a ser chamado de Cabeça de Cuia.

Contam que um dia, inconformado com a cabeçorra, Crispim procurou uma feiticeira para saber se havia jeito de aquela maldição ser quebrada. A bruxa disse que a praga só seria desfeita quando ele matasse e bebesse o sangue de sete virgens. Desde então, Crispim as procura, e é por essa razão que as moças solteiras evitavam lavar roupas sozinhas nas águas do rio Parnaíba.

Curiosidade

Em algumas versões da lenda, o Crispim tenta virar embarcações que navegam pelo Parnaíba. Para evitar naufrágios provocados pelo monstro, os navegantes devem sempre ter nas embarcações uma imagem de Nossa Senhora. O danado respeita a santa.

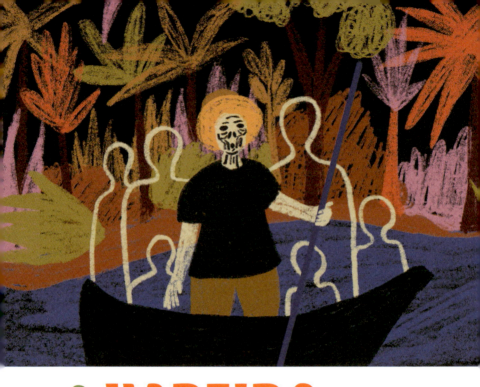

O VAREIRO ENCANTADO e a barca dos mortos

O RIO PARNAÍBA, morada do sinistro Cabeça de Cuia, foi durante muito tempo fundamental para as transações comerciais entre o sul e o norte do Piauí e entre este estado e o Maranhão. O Parnaíba é o maior rio inteiramente nordestino do Brasil, além de ser navegável em todo o seu curso. Se o rio São Francisco é conhecido como o Velho Chico, o Parnaíba é o Velho Monge e as histórias sobre a origem desse apelido são curiosas.

Quando as águas do Parnaíba baixam, surgem ao longo do rio pequenas ilhas, conhecidas pelo povo como coroas, parecidas com a cabeça raspada de um monge, que a raspa no cocuruto. Há ainda quem diga que o apelido vem do trecho em que o Parnaíba encontra o rio Canindé, onde o desenho das margens lembra o perfil de um monge idoso.

Alguns dos personagens mais marcantes da história do Velho Monge eram vareiros, homens que mediam a profundidade do rio com varas durante as viagens para evitar que as embarcações encalhassem. Eles também usavam essas varas para mover, bem lentamente, as barcas repletas de produtos como sacas de algodão, couro, cera de carnaúba e carne salgada. Era preciso muita força.

Com a chegada da navegação a vapor, muito tempo atrás, os vareiros tornaram-se obsoletos e acabaram saindo de cena. No entanto, ribeirinhos do Parnaíba juram que, até hoje, um vareiro dirige uma embarcação que corta o rio de uma ponta a outra: trata-se de um encantado de mais de trezentos anos de idade que, nas noites de lua nova, navega pelas águas cantando melancólicas toadas de antigamente.

Os ribeirinhos afirmam ainda que o vareiro leva em sua barca fantasma as almas dos que morreram em pecado, para que elas expiem os seus erros durante a travessia e parem de assombrar os viventes. Desta maneira, fazem a derradeira viagem em direção ao reino dos mortos, do outro lado do rio.

O vareiro assombrado do Velho Monge é o nosso Caronte, o barqueiro da mitologia grega encarregado de conduzir as almas dos falecidos pelos rios Estige e Aqueronte, que, como o Parnaíba, se encontram no limiar entre o mundo dos vivos e o reino do Hades, a morada dos mortos.

Curiosidade

- Na mitologia grega, Caronte só fazia a travessia entre os rios se o defunto pagasse pelo trajeto com uma moeda. É por isso que, entre os antigos gregos, era comum enterrar os cadáveres com uma moeda dentro da boca. Quem não tivesse a moeda, vagaria como alma penada pelos rios durantes cem anos.

CAPELOBO,
o raptor de cérebros

TOME CUIDADO AO receber um abraço forte de quem você não conhece direito. Pode ser o Capelobo querendo aproveitar a intimidade para sugar seu cérebro.

Mas quem é ele?

O Capelobo é um monstro horrendo, com corpo peludo de homem e cabeça de tamanduá-bandeira. Pequena controvérsia: há os que juram, depois de encontrar o Capelobo e sobreviver, que o focinho do desgramado não é de tamanduá, mas de anta.

Segundo os Timbiras, povo indígena que habita o cerrado no interior do Maranhão, o Capelobo sai às noites devorando cachorros recém-nascidos, rasgando carótidas e bebendo o sangue de animais. Emite gritos pavorosos e tem o pé em forma de fundo de garrafa. Para matá-lo, é necessário que se acerte uma flecha, um tiro ou coisa que o valha no umbigo dele.

Quando encontra um ser humano, o Capelobo tem a capacidade de se fazer passar por gente. Ele então ganha a confiança da pessoa e ao abraçá-la abre um buraco no crânio dela, onde mete o focinho e chupa toda a massa encefálica da infeliz. O Capelobo é, portanto, um raptor de cérebros. A vítima do monstro, sem saber o que aconteceu, fica abestada, perde a capacidade de raciocínio e só fala bobagens pelo resto da vida.

Com a destruição das matas, o Capelobo passou a viver nas cidades. Mestre do disfarce, anda sempre muito bem-vestido, de terno e gravata finíssimos, e seduz os desprevenidos com sua cordialidade para então revelar, num abraço apertado, as artimanhas do homem-anta sugador de cérebros. Consta que jamais imaginou encontrar nas grandes cidades tanta gente capaz de despertar seu apetite assassino.

O povo tucano, que vive às margens do rio Uaupés, na Amazônia, também fala de um chupador de cérebros, o Bolalo, que passa os dias vagando por igarapés à procura de presas. No entanto, ele é menos violento e não tem o hábito, cultivado pelo Capelobo com tanto prazer, de beber sangue das vítimas.

Mais

- Em florestas de São Paulo, havia relatos sobre a existência de uma anta fantasmagórica, imensa, branca como uma assombração. Em tempos recentes, cientistas descobriram que a região é habitada por antas albinas, que sofreram mutações genéticas e têm ausência completa de pigmentos, sendo por isso extremamente brancas. Seriam elas as velhas antas fantasmas?

EM DIVERSAS CULTURAS é comum encontrar personagens tão cruéis em vida que, depois de mortos, acabaram desprezados tanto por Deus quanto pelo Diabo. Por terem cometido pecados terríveis, não têm a menor chance de entrar no céu; porém, até o demônio os considera maus além da conta e lhes fecha as porteiras do inferno. Para piorar, são rejeitados até pela terra, que se recusa a devorá-los.

Este é o caso do Corpo-Seco. Rejeitado por Deus e pelo Diabo, vaga como um sujeito que nem é vivo e nem é morto. Há quem diga que em vida ele maltratou demais a própria mãe e, por isso, na hora do enterro teve o corpo cuspido pela terra, passando a viver como um morto-vivo grudado nos troncos das árvores.

Mas por que Corpo-Seco? É simples. Por não ser exatamente um defunto, seu corpo não se decompõe. Como também não é um ser vivo, não se alimenta. Sobram-lhe a pele e os ossos, e é dessa maneira que ele vaga por campos e cidades, dando sustos terríveis nas pessoas. Sua imagem apavorante já assombrou gente no Amapá, Amazonas, Minas Gerais, São Paulo, Paraná e Santa Catarina.

Relatos de quem viu o Corpo-Seco indicam que ele tem unhas enormes e cabelos longos e desgrenhados. Não é difícil descobrir por quê: as unhas e os cabelos dos cadáveres não param de crescer. Por causa desse detalhe, o Corpo-Seco é também conhecido em alguns lugares como Unhudo.

Curiosidade

- Em Ituiutaba, interior de Minas Gerais, contam que o Corpo-Seco, depois de ter sido expulso pela terra inúmeras vezes, foi capturado e preso em uma caverna que fica em uma serra. Quem passa à noite pela Serra do Corpo Seco escuta gritos horrendos. É o monstro que quer se libertar.

CURUPIRA,
o moleque matreiro

O CURUPIRA É muito conhecido entre os indígenas tupis. Em 1560, José de Anchieta já registrava em seus relatos o temor que ele causava entre os habitantes originais do Brasil. Em diversos outros registros sobre os costumes indígenas, o Curupira é mencionado como uma criatura que apavorava aqueles que se embrenhavam nas florestas.

Em geral, ele é descrito como um ser baixinho com aparência de menino, de cabelos vermelhos feito um fogaréu e pés ao contrário, com os calcanhares para a frente. Costuma iludir os caçadores que entram na floresta e se esquecem de lhe oferecer agrados nas encruzilhadas pelo caminho. Quem se aventura pela mata sem agradar ao Curupira termina perdido. Ele é também o protetor dos animais e das árvores.

Um dos seus truques mais poderosos é assumir a forma de um animal para confundir os caçadores. Ao avistar o Curupira disfarçado de bicho, o caçador começa a persegui-lo e acaba se perdendo na mata, incapaz de encontrar o caminho de volta. Há quem garanta que o moleque de cabeleira vermelha só prega essa peça naqueles que caçam apenas por prazer, já aqueles que o fazem por necessidade não são alvos das artimanhas do danado.

Um aviso aos aventureiros: quem entra na floresta para encontrar o Curupira nunca será bem-sucedido, pois seus pés ao contrário iludem os que o perseguem. As pegadas conduzem à direção errada, deixando desnorteado quem tenta segui-lo.

É ainda o Curupira que verifica a força das árvores quando uma tempestade se anuncia. Ao escutar os trovões, ele vai todo serelepe bater nos troncos para saber se as árvores conseguirão resistir aos tormentos do temporal. No Alto Amazonas, bate com o calcanhar; no rio Tapajós, com o machado feito de casco de jabuti; no Baixo Amazonas, com o pênis imenso. Se perceber que alguma árvore não resistirá, o Curupira avisa aos animais para que eles se afastem da zona de perigo.

Há, entre diversos povos nativos da América do Sul, relatos sobre personagens fantásticos que guardam semelhanças com o Curupira. O Chudiachaque, dos incas, é o mais famoso deles. Dizem que ele vive ludibriando caçadores nas florestas peruanas, onde mora. O ser de pés virados também apronta das suas nas florestas do Paraguai, onde é conhecido, entre os guaranis, como Curupi.

Dica musical

O maestro Waldemar Henrique, paraense nascido em 1905, foi um dos músicos mais importantes do Brasil. Suas obras têm como temas principais as histórias amazônicas, os mitos indígenas e as religiões afro-brasileiras. Compôs canções sobre o Curupira, o Uirapuru, a Matinta Perera, o Boto e a Cobra Grande, todas elas disponíveis nas plataformas digitais.

A canção sobre o Curupira relata a agonia de um caboclo que vai para o mato caçar, mas não encontra nada, pois cai na armadilha do matreiro protetor dos animais:

Já andei três dias e três noites pelo mato sem parar
E no meu caminho não encontrei
Nenhuma caça pra matar.
Só escuto pela frente e pelo lado
O Curupira a me chamar [...]

A cabeça de fogo da CUMACANGA

NO MARANHÃO, DIZEM que o nome dela é Curacanga; já no Pará, costumam chamá-la de Cumacanga. Não há divergências, entretanto, sobre a forma que assume em suas aparições: uma bola de fogo que voa pelos campos nas noites quentes de verão. Quem não se apavorar e tiver coragem de encarar a visagem, vai reparar que a bola em combustão é na verdade a cabeça de uma mulher, com olhos flamejantes e cabelos em labaredas.

Mas quem é ela? Diz o povo que a Cumacanga é a sétima filha de um casal que só gerou meninas, mas há também quem diga que esse foi o castigo dado a uma mulher por ter se apaixonado por um padre. Nas noites de sexta-feira, depois que se deita para dormir, seu corpo permanece na cama enquanto a cabeça sai vagando por aí. Antes que a estrela da manhã surja no céu e o primeiro galo cante, a cabeça retorna ao corpo e a mulher acorda sem a menor ideia do que ocorreu.

Caso a Cumacanga seja a sétima filha de uma sequência de meninas, para quebrar a maldição basta que a sexta filha se torne sua madrinha. Mas caso seja a mulher de um padre, não há antídoto conhecido contra a triste sina.

Curiosidade

Mitos que envolvem cabeças que se separam dos corpos e passeiam são presentes em diversas culturas. Para o povo kaxinawa, da região do Acre, a lua se originou de uma cabeça de mulher que, ao se separar do corpo, não conseguiu voltar, subiu aos céus e por lá ficou.

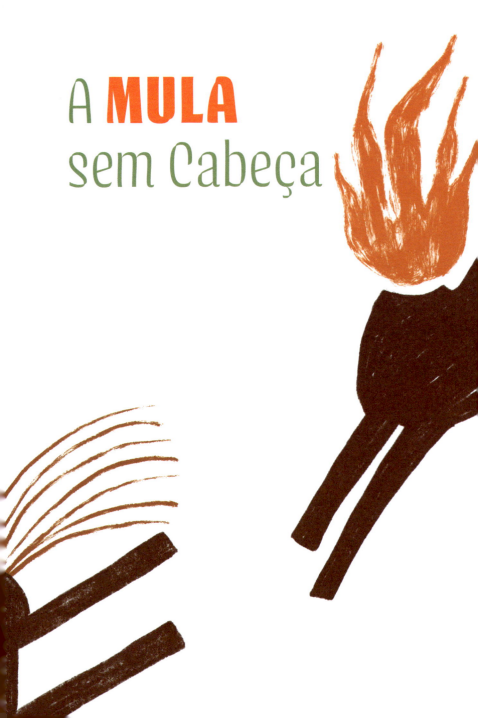

A MULA sem Cabeça

EXISTEM DIVERSAS VERSÕES da história da Mula sem Cabeça, uma das visagens mais apavorantes das matas e sertões do Brasil. A mais comum conta que somente mulheres amasiadas com padres são alvos dessa maldição. Por terem cometido esse deslize, são condenadas a se transformar em mulas decapitadas que têm chamas no lugar da cabeça, e assim vagarem entre o pôr do sol das quintas-feiras e o nascer do sol do dia seguinte.

Alguns relatos dizem que a maldição permanecerá enquanto o caso amoroso mantido com um padre perdurar. Já outros contam que a Mula sem Cabeça é um fantasma que vaga nessa condição após a morte. Com patas de ferro, entremeia relinchos raivosos com suspiros de gente, enquanto galopa noite adentro por sete povoados.

Para quebrar a maldição, é preciso ter coragem para tomar duas atitudes temerárias: subir na garupa da assombração e arrancar o freio de ferro de seu pescoço ou tirar uma gota de sangue da bicha com um espeto de madeira. Há quem diga que não é preciso tanto, que basta que essa gota seja tirada da fera com uma simples agulha de costura para quebrar o encanto que a condena.

Relatos de maldições reservadas às mulheres que namoram padres são muito comuns na cultura popular. Na Idade Média europeia, dizia-se que mulheres se transformavam em monstros caso se envolvessem com sacerdotes. A própria Igreja divulgava relatos fantásticos e assombrosos que visavam coibir relacionamentos entre padres e fiéis.

Dica musical

Em 2006, foi lançado um álbum musical chamado *Lendas Brasileiras*, com canções sobre diversas lendas, assombrações, monstros do Brasil. A música sobre a Mula sem Cabeça é da dupla de compositores Lenine e Bráulio Tavares. Diz a letra em certo trecho: "Saiu de madrugada / os cascos na calçada / quem tava adormecida, escutou / a noite enluarada / cruzou em disparada / o lago em que a sereia se banhou / correu a noite inteira / ergueu tanta poeira / perdeu-se nos caminhos do sertão / ouviu atrás do morro / latidos de cachorro / e o grito de um jaguar na escuridão".

JOÃO GALAFUZ,
o anunciador de tempestades

PERSONAGEM FANTÁSTICO AVISTADO em alguns pontos do litoral nordestino, de Pernambuco ao Sergipe, o João Galafuz é um duende que surge à noite, no meio das ondas e dos corais, sob a forma de uma labareda azulada. Ele aparece para anunciar a chegada de tempestades e o risco de naufrágios e afogamentos. Pescadores mais experientes, assim que veem a assombração, suspendem o trabalho para retornar às praias e reforçar a segurança de suas embarcações contra as tormentas que, na certa, chegam.

Mas quem seria ele, que em Sergipe é conhecido como Jean de la Foice? Existem versões distintas sobre a origem dessa criatura. Uns contam que é um caboclo pagão, pois morreu afogado antes de ser batizado. Já outros dizem se tratar um sujeito que, por ter se dedicado a Deus com afinco, ganhou a graça de se encantar e viver no mar, cumprindo a tarefa de prevenir desastres marinhos.

Na Ilha de Itamaracá, em Pernambuco, os mais velhos alertam os turistas: "Quando estiverem à noite na beira da praia, tenham cuidado!" Um ponto luminoso no meio das águas, que a princípio parece um candeeiro de um barco de pesca, pode ser o João Galafuz se levantando entre ondas e corais para anunciar que em breve o mar vai acordar para atordoar os homens com o bailado furioso das marés.

Dica musical

No álbum *Rádio S.Amb.A.*, lançado em 2000, o grupo pernambucano Nação Zumbi gravou a música "João Galafuz", sobre um pescador que, ao ver o duende marinho, sabe exatamente o que acontecerá:

> Eu já me disse isso uma vez, eu já disse uma vez
> Minha jangada vai voar, ouvi, disse uma vez
> Eu vou morar depois do mar, eu vou morar
> Deixo a saudade pra vocês
> Eu vou morar depois do mar [...]

"**HÁ TAMBÉM OUTROS** [fantasmas], especialmente nas praias, que vivem a maior parte do tempo junto do mar e dos rios, e são chamados 'baetatá', que quer dizer 'coisa de fogo', o que é o mesmo como se se dissesse 'o que é todo de fogo'. Não se vê outra coisa senão um facho cintilante correndo daqui para ali; acomete rapidamente as pessoas indígenas e mata-as, como os curupiras; o que seja isto, ainda não se sabe com certeza."

O trecho das cartas do padre José de Anchieta, do século XVI, é a primeira referência escrita ao Boitatá, uma grande serpente em chamas que percorre as florestas atacando quem destrói a mata. Dizem que ela tem também o poder de endoidar e cegar aqueles que cometem a ousadia de encará-la.

Há relatos sobre a presença do Boitatá em praticamente todas as regiões do Brasil. Como acontece nas culturas em que a transmissão dos saberes é oral, são diversas as versões sobre a assombração. Em algumas áreas do Norte, a cobra de fogo vive nos rios, saindo das águas para perseguir e assustar quem destrói as matas. Em outros relatos, ela vive em regiões pantanosas. Na região Sul, ela pode de se transformar em um tronco de fogo que ataca as pessoas. Diz-se, ainda, que o Boitatá vive próximo aos cemitérios, e é uma serpente que traz em suas labaredas almas penadas que não encontraram a paz depois da morte.

Curiosidade

Dizem os cientistas que o fogo-fátuo é um fenômeno natural que ocorre na superfície de lagos, pântanos e em cemitérios. A explicação não é difícil: quando um cadáver começa a se decompor, ele libera um gás chamado metano que, em grande quantidade e somado à alta temperatura do ambiente, pode acontecer uma explosão espontânea.

Conta-se que aquele que presencia esse tipo de fenômeno costuma entrar em pânico e correr em disparada. Com isso, o ar se desloca e a pessoa que sai correndo tem a sensação de que está sendo perseguida pelo fogaréu.

Há quem diga que o Boitatá seria, portanto, a versão encantada do fogo-fátuo; a grande serpente que assombra os desprevenidos e risca a noite com suas chamas.

Dica musical

Os compositores João Bá e Vital França fizeram uma canção sobre o Boitatá chamada "Facho de fogo", gravada pela cantora Diana Pequeno. A música diz:

Era noite de breu, sem luar no sertão
Uma caminhada de medo
Depois da novena, cumprida a missão
Um pressentimento, uma coisa vazia
Na estrada o grilo não deu cantoria...
Esbugalho os olhos, cabelo arrepia
Tio Raimundo gritou e o sangue gelô:
Olha o facho de fogo, menino
queimando na gameleira!

ANA JANSEN
e a carruagem fantasma

SÃO LUÍS DO Maranhão é uma ilha repleta de mistérios, visagens e assombrações. A mais famosa é a de Ana Jansen, conhecida como Donana. Contam que ela, nascida no final do século XVIII, foi expulsa de casa pelo pai ainda na adolescência, após engravidar. A moral machista daqueles tempos exigia que a mulher fosse submissa, e a gravidez fora do casamento era considerada uma desonra.

Donana passou por muitas dificuldades, até que se casou com um latifundiário. Após a morte do marido, herdou terras e pessoas escravizadas e se tornou uma importante liderança política local, isso já pelos idos do século XIX. Enfrentou homens poderosos e sofreu as injustiças comumente impostas às mulheres que não se limitavam à condição de submissas aos maridos.

Os inimigos políticos de Donana começaram a espalhar boatos de que ela era uma mulher atroz, impiedosa com seus escravizados e capaz das mais perversas maldades. As histórias se espalharam, e a fama de cruel acompanhou Donana por toda a vida. Os amigos diziam que os relatos eram intrigas de adversários na política local. Quem há de saber?

O fato é que Ana Jansen virou assombração depois de morta. Contam em São Luís que ela foi condenada a passar a eternidade percorrendo as ruas da cidade em uma carruagem fantasma.

Nas viradas das noites de quinta para sexta-feira, a carruagem de Ana Jansen é vista saindo do Cemitério do Gavião para cumprir seu desígnio. Quem viu garante que a cena é aterrorizante: o veículo é puxado por cavalos decapitados e conduzido por um escravizado, também sem cabeça. Gritos terríveis ressoam pelas ruas desertas de São Luís. Há ainda quem jure que o coche de Ana Jansen é puxado pela própria Mula sem Cabeça, soltando fogo pelas ventas em seu galope alucinado.

Curiosidade

O Maranhão, com cultura e folclore riquíssimos, é um dos estados do Brasil mais cantados pelas escolas de samba do Rio de Janeiro no Carnaval. Em 1996, a Mangueira, uma das mais tradicionais, homenageou o Maranhão com o enredo "Os tambores da Mangueira na terra da encantaria". O desfile da escola está disponível no YouTube. Uma das alegorias da Mangueira representava a carruagem fantasma de Ana Jansen. O samba (que os leitores também podem ouvir na rede) dizia em certo trecho: "Ana, se fez Donana / Na carruagem tem uma Mula sem Cabeça / por incrível que pareça!"

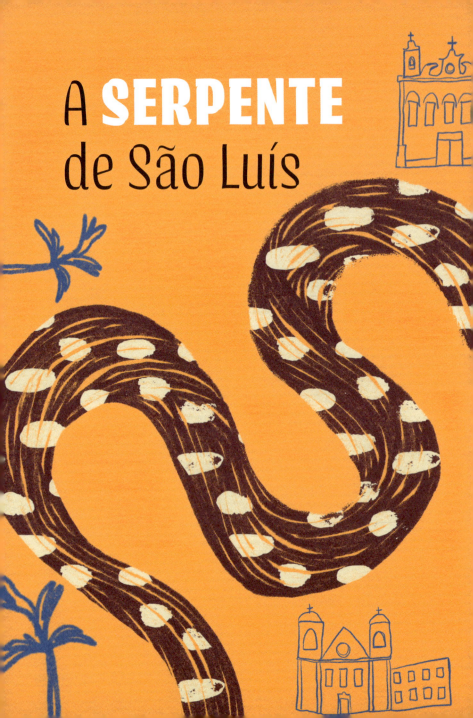

NÃO BASTASSE A presença assustadora de Ana Jansen, São Luís é ainda a morada de uma serpente encantada que um dia destruirá a cidade...

Mas onde vive a peçonhenta?

Ainda no período colonial, São Luís passou por reformas que incluíram a construção de galerias subterrâneas que armazenariam água suficiente para abastecer a cidade. O problema é que uma Serpente Encantada se alojou nas galerias. Conta-se que uma

mulher escravizada, de tanto sofrer, transformou-se em uma serpente imortal com escamas de prata e que, para piorar, a danada não parava de crescer.

Há quem jure que a cabeça da cobra está na Fonte do Ribeirão, ponto bastante visitado pelos turistas que visitam a ilha. O corpo da bicha já passou pelo Convento do Carmo e o rabo já está debaixo da Igreja de São Pantaleão, dois locais também muito visitados por turistas.

No dia em que a cabeça da Serpente Encantada encontrar a cauda, São Luís sucumbirá a um terremoto e ondas gigantes arrastarão as ruínas da cidade para o fundo do mar. Só assim a maldição de Ana Jansen, fadada a percorrer a ilha durante as madrugadas em sua carruagem assombrada, chegará ao final.

Curiosidade

A Serpente Encantada de São Luís tem um parente distante em Mato Grosso: é o Minhocão do Pari, famoso monstro que vive nos poços profundos do rio Cuiabá, na região conhecida como Barra do Pari. O bicho tem força descomunal, é capaz de virar canoas, engolir pescadores e destruir barrancos. Lembra também a Boiuna, cobra amazônica grande e de corpo brilhante, que vive nos rios e igarapés e tem o poder de se transformar no que quiser (canoas, navios, embarcações em geral) para atrair e engolir gente.

Dizem que em 1974, após uma enchente do rio, o Minhocão foi parar debaixo da Igreja Matriz de Cuiabá, onde até hoje se encontra, preso pelos fios de cabelo de Nossa Senhora. Se a serpente do Pari for libertada, a chance de aniquilar Cuiabá é imensa. Convém, em virtude disso, evitar até fazer alguma grande reforma na Igreja, sob o risco de trazer de volta a fera encarcerada.

DOM SEBASTIÃO,
o touro coroado

CONTA-SE QUE NO dia 4 de agosto de 1578, na cidade Alcácer-Quibir, no Marrocos, o rei dom Sebastião, desapareceu em uma guerra entre o seu reino cristão de Portugal e o reino muçulmano do Marrocos, mas seu corpo nunca foi encontrado, permanecendo misterioso o seu desaparecimento. O povo criou as versões mais mirabolantes possíveis sobre o que teria acontecido com o rei.

No Brasil, contam que dom Sebastião se encantou e mora na Ilha dos Lençóis, no município de Cururupu, no Maranhão. Seu reino está oculto, no fundo do mar, sob a ilha cujas dunas lembram os areais do deserto.

E que às sextas-feiras o rei aparece na praia como a assombração de um touro preto, com uma estrela na testa. Se alguém conseguir cravar um punhal na estrela, o feitiço será quebrado, a cidade de São Luís vai submergir e, do fundo do mar, subirão o castelo de dom Sebastião e toda a sua corte de encantados.

As melhores épocas para se ver o touro preto coroado são durante os meses de junho, nas festas do bumba meu boi, e agosto, aniversário da batalha em que ele desapareceu.

Curiosidade

- No Carnaval do Rio de Janeiro de 1974, o Salgueiro desfilou com o samba-enredo "O rei de França na ilha da assombração", fruto da imaginação do carnavalesco maranhense Joãosinho Trinta.

  Segundo a história cantada pelo Salgueiro na avenida, o poeta Gonçalves Dias encontrou um menino na Fonte do Ribeirão e revelou a ele os segredos sobre o Maranhão e suas magias. Contou que o rei Luís XIII da França esteve no Maranhão na infância e, durante um delírio, imaginou que a Ilha de São Luís era o Palácio de Versalhes. Contou também a história de Ana Jansen, revelou que a ilha pode ser destruída a qualquer momento pela Serpente Encantada e falou, finalmente, sobre o touro preto dos Lençóis – o rei Sebastião de Portugal. O garoto então pergunta a Gonçalves Dias como é que ele sabe de tudo isso. O poeta responde que aprendeu esses segredos com as pretas velhas da Casa das Minas, um famoso terreiro de encantaria maranhense.

    O samba, composto por Zé Di e Malandro, diz:

Na praia dos Lençóis
Areia, assombração
O touro negro coroado
É dom Sebastião
É meia-noite, Nhá Jança vem
Desce do além na carruagem
Do fogo vivo, luz da nobreza,
Saem azulejos, sua riqueza,
E a escrava, que maravilha,
É a serpente de prata
Que rodeia a ilha.

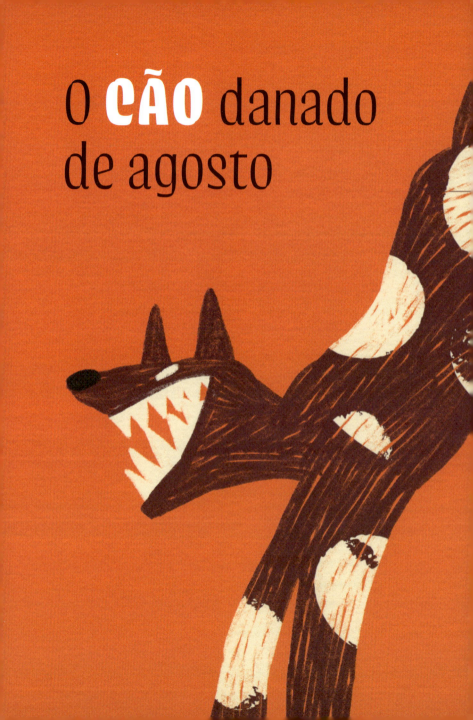

VOCÊ JÁ OUVIU os mais velhos afirmarem que agosto é o mês do cachorro louco? E que fulano acendeu uma vela para Deus e outra para o Diabo?

Tudo isso tem relação com o Dia de São Bartolomeu, um dos apóstolos de Jesus Cristo. Diz o povo que, ao exorcizar um moço possuído pelo capeta, São Bartolomeu prendeu o demônio no fundo do mar.

O santo, porém, fez um acordo com o tinhoso: ele iria soltá-lo durante um único dia do ano, sempre em 24 de agosto. Nesse dia, o cramulhão passeia pelo mundo, e o sinal de que ele está solto é uma grande ventania, que forma redemoinhos. Muito cuidado, pois ele vaga pelas ruas assumindo a forma de um cachorro raivoso assombrado.

Os antigos evitam sair de casa, viajar, casar e batizar crianças nesse dia, apenas acendem uma vela para o santo e outra para o capeta, tentando acalmá-lo. Por isso diversas imagens de São Bartolomeu mostram o santo dominando um cão, pois o Diabo é muitas vezes descrito como um "cachorro louco" na cultura popular.

No norte de Portugal, é comum o "banho santo" em todo 24 de agosto, ritual em que as crianças são mergulhadas em três ou sete ondas no mar. Ainda hoje há famílias que preservam a tradição. Mas por que esse ritual é feito?

No dia em que o demônio deixa sua prisão e escapa para a terra, o mar fica limpo, livre se sua presença maligna. Então, as crianças são banhadas nas águas salgadas para perder o medo e curar diversas mazelas. Segundo o rito, os pequenos devem ser secos com um frango preto e, em seguida, a família deve dar voltas com a ave em torno de uma imagem de São Bartolomeu, para então soltar o bicho. Em outros casos, a mandinga inclui comer o frango.

Por fim, uma dica: acendam duas velas no dia de São Bartolomeu; jamais em outra ocasião. À meia-noite, na virada para o dia 25 de agosto, a chama de uma delas vai tremer e se apagar. É sinal de que o Diabo, disfarçado de cachorro louco, está preso novamente.

Curiosidade

- Além de ser o mês do cachorro louco, agosto causa temor pelo risco de o dia 13 cair numa sexta-feira. Mas de onde vem esse medo do número? A coisa é tão séria que existe até uma palavra em português para designá-lo: triscaidecafobia; e outra para o medo da sexta-feira 13: parascavedecatriafobia.

  Há quem vincule o temor ao número ao imaginário da Santa Ceia, no ciclo da Paixão de Jesus Cristo. Judas Iscariotes, o traidor, foi o décimo terceiro apóstolo a sentar-se à mesa.

Para os nórdicos, Loki – o deus das quizumbas, estripulias e brincadeiras de péssimo gosto –, bagunçou uma ceia em que se reuniam treze divindades no Valhala, o palácio de 540 quartos do deus Odin. Loki é o grande traidor que arma uma intriga que causa uma tragédia entre dois irmãos, filhos de Odin, os deuses Hoder e Balder, e esse último acaba morto. Loki é expulso do Valhala e só retornará ao palácio no Ragnarok, o dia do fim dos mundos.

E há quem diga que 13 de outubro de 1307, uma sexta-feira, é o marco do medo da data. Foi nesse dia que Filipe IV, rei da França, ordenou o massacre dos templários. O grão-mestre templário, Jacques de Molay, amaldiçoou todo mundo antes de ser queimado em frente à Catedral de Notre-Dame.

Para completar, os portugueses costumavam começar a maioria de suas viagens às Índias no mês de agosto, por causa das marés, consideradas boas para o início de viagens marítimas. Mas, como os naufrágios eram muito comuns, evitavam-se casamentos naquele mês, para que as moças não enviuvassem precocemente – razão pela qual agosto era conhecido pelos portugueses como o mês do desgosto.

Mais

- Existe uma relação impressionante entre a lua e as marés. A lua exerce sobre o nosso planeta uma força que altera o movimento das águas. Como as marés mudam, estudar essas mudanças é importante para um navegador, que, dessa maneira, conhecerá a profundidade das águas, evitará bancos de areia e recifes, e conhecerá a força e a direção das correntes marítimas.

JACI JATERÊ,
o guardião de tesouros

VOCÊ CONHECE O Jaci Jaterê, personagem da cosmologia do povo guarani do Sul do Brasil? Contam que ele mora na mata, tem apenas meio metro de altura, protege tesouros escondidos e é o guardião da sesta, o hábito de tirar uma soneca depois do almoço. Dizem até que a história dele inspirou relatos sobre outro personagem das matas gaúchas, este mais famoso: o Saci.

O Jaci Jaterê sai da floresta para percorrer as casas de crianças bagunceiras que não querem descansar depois da refeição. A criatura só aparece para as crianças; os adultos são incapazes de enxergá-lo. Ao bater um cajado mágico no chão, o Jaci Jaterê faz as crianças dormirem imediatamente e conduz suas almas até uma floresta encantada para brincarem. Quando acordam, elas não têm memória do que ocorreu.

Em outras versões, bastante aterrorizantes, o Jaci Jaterê é capaz de entregar as crianças desobedientes a um canibal ou transformá-las em feras terríveis. Diante das ameaças, as crianças pegam no sono rapidamente. No imaginário popular, são inúmeras as criaturas fantásticas ameaçadoras que conseguem fazer a meninada se comportar à simples menção de seu nome.

Além de zelar pelo sono diurno da criançada, o Jaci Jaterê é um guardião dos tesouros da floresta. Temperamental, é capaz de ajudar quem consegue vê-lo antes que ele enxergue a pessoa e, nesse caso, pode até mesmo guiá-la a um tesouro escondido. Mas se ele vir a pessoa antes que ela o veja, danou-se! O Jaci Jaterê pode aprontar as maiores estripulias com ela.

Curiosidade

O nosso Jaci Jaterê lembra os *Leprechauns*, famosos duendes da cultura popular da Irlanda. Corcundas e baixinhos, com mais ou menos trinta centímetros de altura, eles passam boa parte do dia na floresta confeccionando sapatos com flores, folhas, pedrinhas e gotas de orvalho. Minuciosos, só fazem dois sapatos por ano e costumam ofertar os mais bonitos às fadas.

Os *Leprechauns* são guardiões de potes de ouro escondidos, dominam a magia e geralmente tratam com cordialidade aqueles que conseguem enxergá-los primeiro, ainda que a princípio desconfiem de todos os humanos e aprontem estripulias com quem adentra seus domínios. Se você vir um *Leprechaun*, considere-se com sorte. Se for ele a ver você, tome cuidado! Exatamente como acontece no caso do Jaci Jaterê.

Quase sempre com roupas verdes e gorros vermelhos – às vezes usam um esquisitíssimo chapéu de três pontas –, os *Leprechauns* fumam cachimbos mágicos e têm o poder da invisibilidade, como os gnomos, duendes e encantados em geral.

SACI-PERERÊ, o encantado travesso

O SACI-PERERÊ É, provavelmente, oriundo dos povos indígenas da região Sul do Brasil. Moleque que pula em uma perna só, ele gosta de pitar seu cachimbo de barro e é chegado a fazer travessuras. É visto por alguns como um diabinho perigoso e, por outros, como um moleque brincalhão. Embora nativo das florestas brasileiras, também faz suas traquinagens pelas cidades.

De origem indígena, o Saci acabou ganhando contornos de influências africanas e portuguesas, características da formação brasileira. Ele talvez seja um pouquinho como Aroni, um ser que pula em uma perna só e acompanha nas florestas o orixá Ossain, o grande curandeiro das folhas das religiões afro-brasileiras. Pode ser comparado também ao Trasgo, encantado que vive de fazer peraltices na região de Trás-os-Montes, no norte de Portugal. O Trasgo é baixinho (há quem diga que tem no máximo vinte centímetros) e usa um gorrinho vermelho no qual se concentra seu poder sobrenatural.

É comum na cultura popular a crença de que os sacis vivem nos bambuzais, viajam dentro dos redemoinhos e podem ser capturados por aqueles que lançam uma peneira de cruzeta no meio do pé de vento e conseguem tirar a carapuça do danado. O dono da carapuça passa a mandar no Saci, que se torna seu serviçal.

Os sacis costumam se comunicar entre si com assobios e enganam as pessoas imitando com perfeição os cantos de diversos pássaros.

Curiosidade

Você sabe de onde vem a palavra "pererê"? Do tupi *pererek-a*, que quer dizer andar aos pulos, saltar.

Dica musical

O Saci-Pererê é citado em muitas canções brasileiras, e uma das mais belas chama-se "Saci", dos compositores Guinga e Paulo César Pinheiro. Vale a pena escutar essa beleza, que está disponível em diversas plataformas:

Quem vem vindo ali
É um preto retinto e anda nu
Boné cobrindo o pixaim
E pitando um cachimbo de bambu

Vem me acudir!
Acho que ouvi seu assovio
Fiquei até com o cabelo em pé
Me deu arrepio [...]

O vaqueiro que virou ONÇA

EM TEMPOS IMEMORIAIS, às margens do rio São Francisco na altura em que corta as terras mineiras, havia uma velha mulher que conhecia o poder das folhas, das rezas contra quebranto e da arte de domar os animais. Certa vez, um vaqueiro chamado Manoel Borges Ventura resolveu testar os poderes da mulher, que tinha fama de feiticeira. Acompanhado de um amigo, foi visitá-la, e chegando lá questionou os poderes extraordinários da mulher. Em resposta, ela prometeu transformar o vaqueiro em uma onça, desafio prontamente aceito pelo vaqueiro, desde que ele pudesse logo voltar à forma humana.

O trato era simples: o vaqueiro tomaria uma beberagem capaz de transmutá-lo no animal. Para voltar a ser homem, bastaria que o amigo colocasse na boca da onça um ramo de folhas verdes. Feito isso, tudo voltaria ao normal.

A mulher, então, preparou a bebida. Ao dar as primeiras goladas, o vaqueiro imediatamente ficou de quatro, encantado em felino. Mas quem disse que o amigo teve coragem para colocar as folhas na boca do bicho? No fim, o feitiço nunca foi desfeito.

E assim surgiu a terrível Onça-Borges. Violenta, arisca, imensa, ela começou a aprontar o diabo na região, dando início a uma caçada épica. Mais de mil homens fortemente armados enveredaram pelos sertões atrás da bicha e, depois de longa arenga, a Onça-Borges foi assassinada.

Como, porém, o mundo é mágico, a Onça-Borges, de tempos em tempos, aparece encantada pelos campos, conforme registram vários estudiosos das feras fantásticas. Dizem que, entristecida e cada vez mais arisca, a felina procura o amigo que prometeu quebrar o feitiço. Enquanto isso, como é da natureza das onças e das assombrações, ataca os rebanhos e aterroriza a vacaria.

Curiosidade

A presença da onça em diversos mitos brasileiros é muito forte. No mito de criação do povo tupinambá, a criação foi resultado da ação de uma grande onça celeste, que organizou o caos. Ainda segundo esse mito, quando essa onça comer a lua, o mundo acabará. Essa história está contada no livro *Meu destino é ser onça*, do escritor Alberto Mussa, e foi enredo da escola de samba Acadêmicos do Grande Rio no Carnaval de 2024. Vale a pena escutar o samba nas redes.

ONÇA CABOCLA e Pai-do-Mato

A **ONÇA CABOCLA** é um monstro encantado que tem o poder de se transformar em uma mulher indígena idosa. Faz parte de uma longa tradição de assombrações brasileiras: a dos bichos que viram gente e a das pessoas que viram bicho. Ela vive no vale do rio São Francisco, no norte de Minas Gerais, e sua refeição favorita é fígado humano cru, de preferência acompanhado de uma bebida: o sangue da vítima. Só há uma maneira de matar a fera: ela precisa ser encarada com firmeza por uma mulher menstruada. Cai durinha, na hora.

Essa recomendação também serve para combater o Pai-do-Mato, famosa assombração das matas de Pernambuco e Alagoas. Maior do que as árvores mais altas, Pai-do-Mato tem cabelos imensos, unhas de dez metros de comprimento, pés de cabrito, barbicha de cramulhão e orelhas de madeira. Dá um urro que estronda em toda a mata e engole gente sem mastigar. Nem adianta atacá-lo na base do tiro: ele não pode ser morto por faca ou bala. Só há duas formas de liquidá-lo: tocando numa roda que ele tem no umbigo ou se uma donzela menstruada parar na sua frente, aí o Pai-do-Mato perde as estribeiras e cai fulminado.

Curiosidades

Esses fatos fabulosos sugerem uma observação: é impressionante como a menstruação é tabu no imaginário popular. Os antigos diziam que uma mulher menstruada não podia atravessar água corrente, passar perto de ninhos de aves, tocar em árvores com frutos verdes, fazer a cama de recém-casados, dar o primeiro banho numa criança, tocar em bebidas em processo de fermentação e outras coisas do tipo. Tudo que estivesse em desenvolvimento e fosse tocado por uma mulher menstruada, pereceria.

PAPA-FIGO,
o monstro de nome enganador

O NOME PAPA-FIGO é daqueles que enganam os desprevenidos. O figo, afinal, é um alimento delicioso, usado especialmente em receitas saborosíssimas de doces caseiros. As flores do figo, nascidas da árvore da figueira, uma das primeiras que a humanidade aprendeu a cultivar, dão o fruto de lamber os beiços.

O problema é que o Papa-Figo, uma criatura assustadora, gosta de comer fígado de gente. Este "figo", portanto, não se refere à fruta, mas ao órgão do corpo humano.

O que se conta é que se trata de um homem que teria vivido no início do século XX e que sofria de deformidades físicas causadas por uma enfermidade terrível. Convencido de que se comesse o fígado e bebesse o sangue de crianças estaria curado, ele atraía meninos e meninas oferecendo-lhes doces para então prendê-los em um saco – daí alguns considerarem o Papa-Figo e o Velho do Saco a mesma criatura.

Com unhas compridas, orelhas deformadas e olhar amedrontador, o Papa-Figo já foi visto perambulando por Pernambuco, Paraíba, Alagoas e Rio Grande do Norte. Em outras versões, é descrito como um sujeito de aparência comum que escondia a besta devoradora por trás do rosto simpático.

Curiosidade

A figura do Papa-Figo se tornou popular entre meados do século XIX e o início do século XX, período em que algumas áreas mais pobres do Nordeste sofreram surtos de hanseníase, doença que os antigos chamavam de lepra, e da Doença de Chagas, causada por um parasita encontrado nas fezes de um inseto, o barbeiro. A doença tem esse nome em virtude do médico que descobriu a sua causa, o sanitarista Carlos Chagas.

A hanseníase causa manchas e outros problemas na pele e a Doença de Chagas ataca o sangue e o fígado da vítima. Provavelmente foi nesse contexto, em que o pavor e o preconceito em relação a essas doenças se alastrou por aquelas regiões, que surgiu a figura assombrosa de um papão predador de fígados e bebedor de sangue que atacava crianças malcomportadas.

Há ainda relatos que apontam a preferência do Papa-Figo por cadáveres recém-enterrados. Ele seria um assombrado que vagueia pelos cemitérios violando sepulturas em busca do fígado dos defuntos.

PALHAÇO
do Coqueiro

DIZEM QUE NO bairro do Janga, em Pernambuco, viveu um palhaço de circo muito talentoso, capaz de seduzir qualquer criança ou adulto com suas estripulias. O filho do palhaço resolveu seguir os passos do pai, e também espalhar alegria como artista de circo. Essa poderia ser a história de uma bela relação entre pai e filho, se não fosse por um detalhe: o herdeiro não nasceu com talento para fazer o público rir.

Com o tempo, o filho do palhaço enlouqueceu, abandonou o circo e adotou um hábito estranho: foi viver no alto de um coqueiro, numa praia da região. Nas noites de lua minguante, ele fazia palhaçadas no alto da árvore, acreditando que só a lua minguante, por exibir o formato de um sorriso, apreciava suas graças.

Durante as outras fases da lua ou nas noites de céu encoberto, o palhaço descia do coqueiro e fazia graças para as pessoas que encontrava pelo caminho. Ele esperava que elas rissem, como a lua fazia, e quem não atendesse a essa expectativa sofria as maiores perversidades; até a morte poderia ser o destino de quem não gargalhasse com o Palhaço do Coqueiro do Janga.

O tempo passou, o palhaço morreu, mas sua alma continua morando no alto do coqueiro, se exibindo para a lua e descendo da árvore nas noites em que não se vê a lua sorrindo no céu.

Curiosidade

Embora no imaginário popular palhaços sejam personagens queridos, existem pessoas que têm medo deles. Até já foi cunhado um termo para designar essa condição, que intriga psicólogos e outros estudiosos dos medos humanos: coulrofobia. Ao ver um palhaço, quem sofre dessa fobia fica com o coração acelerado, sente náuseas e tem dificuldade para respirar.

Há quem ache que o medo se origina da própria maquiagem que os palhaços usam, capaz de esconder suas intenções emocionais e despertar o receio daquilo que se desconhece. Outros estudiosos dos medos humanos apontam a hipótese de que alguma experiência traumática na infância pode ser a origem do temor que palhaços causam em algumas pessoas.

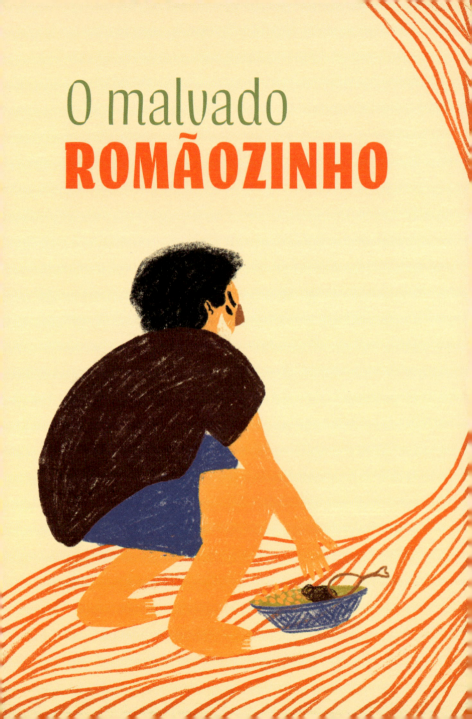

O ROMÃOZINHO É uma criança má, dizem que maltratava bichos, pisava nas plantas, amassava as flores e fazia xixi na água que as pessoas iam beber. Muito mentiroso e chegado a fazer intrigas, um dia inventou para o pai que a mãe estava namorando outra pessoa. O pai, cruel, matou a esposa com uma punhalada. Contam que, agonizando logo antes de morrer, a mãe lançou uma praga no Romãozinho, dizendo que ele nunca teria paz e descanso.

E a praga pegou. O menino não cresceu, nunca mais conseguiu dormir e virou uma assombração das estradas, assustando viajantes, matando animais, derrubando árvores e jogando pedras nos telhados. Indignado com sua eterna insônia, passou a fazer maldades cada vez mais escabrosas.

O Romãozinho já foi visto aprontando das suas no norte de Minas Gerais, em Goiás, na Bahia e no Maranhão. Há quem diga que colocar comida nas estradas é uma boa tática para distraí-lo; assim o Romãozinho vai tratar de matar a fome em vez de fazer suas diabruras.

Curiosidade

- Uma das versões da história do Romãozinho diz que, em certo dia, ele estava levando uma marmita para o pai, que trabalhava na roça, com o almoço que a mãe tinha preparado, e o menino não teve dúvidas: comeu a galinha que a mãe preparara e entregou ao pai apenas os ossos. Ainda inventou para o pai que a carne da galinha já tinha sido comida pelo suposto namorado da mãe. Isso teria originado a tragédia que contei anteriormente. Por isso, quem quiser distrair o Romãozinho colocando para ele comida na estrada, já tem uma dica boa: o monstrinho gosta de galinha.

MATINTA PERERA,
a rasga-mortalha

EXISTEM DIVERSOS RELATOS sobre a Matinta Perera, todos eles apavorantes. Os mais conhecidos dão conta de que ela é uma feiticeira da região amazônica capaz de se transformar em uma ave de canto fúnebre, a coruja rasga-mortalha, para pousar nos telhados assombrando os moradores das casas com pios que chamam as almas dos mortos.

Para que a Matinta vá embora sem aterrorizar ninguém, os moradores devem prometer a ela bebida, café, doces e peixes. Se a promessa não for cumprida, a Matinta trará a desgraça à casa de quem a desprezou.

Há quem garanta que, entre seus poderes, está a capacidade da transmutação. Outros dizem que ser Matinta Perera é uma espécie de herança passada de mãe para filha. Há ainda quem fale que, perto de morrer, a Matinta sai pelas ruas em sua forma humana, procurando mulheres e fazendo uma pergunta: "Quem quer?" Aquelas que respondem "eu quero" se transformam na Matinta Perera.

Curiosidade

- No ano de 2022, mais precisamente no dia 31 de outubro, o portal *G1 Pará* noticiou a história de uma mulher que estava conversando com um colega de trabalho, em uma loja de roupas no centro de Belém, quando ambos ouviram um assobio e, de brincadeira, o homem disse: é a Matinta. A mulher respondeu: diz para ela vir tomar um café.

No dia seguinte, a mulher estava trabalhando normalmente quando outra vendedora falou que uma senhora estava na porta da loja procurando por ela, afirmando que não queria ser atendida por mais ninguém. Ao se aproximar da vendedora, a senhora, que aparentava ser bem velha, disse apenas o seguinte: "Sabe aquele café que você me prometeu? Eu aceito."

Assustada, a vendedora passou o café e ofereceu para a senhora, que bebeu calmamente, antes de sair caminhando e desaparecer no meio da multidão.

O **FANTASMA** de Poço Redondo e o Cangaceiro Degolado

ENTRE PAU FERRO e Serrote Preto, em Alagoas, existia um poço de água potável muito requisitado pela população sertaneja, especialmente em tempos de seca. Em meados dos anos 1950, uma moça foi ao poço em uma noite de lua cheia, encheu um pote e pegou uma estrada de terra na volta para casa.

No início do caminho, estranhou quando ouviu um falatório e tomou um susto enorme ao ver homens e mulheres vestidos como cangaceiros – com seus bornais, cantis, chapéus, lenços e armas – rindo alto e se divertindo ao redor de uma grande fogueira perto de uma árvore.

A moça ficou paralisada de medo, mas conseguiu equilibrar o pote cheio de água na cabeça, respirou fundo e continuou a caminhada. Ao passar perto do bando, percebeu que um dos cangaceiros tinha os olhos fixos nela; logo reconheceu o cabra, de tanto que tinha visto imagem dele: era Lampião, o Rei do Cangaço. O problema é que Lampião, assim como muitos dos seus companheiros de cangaço, havia morrido em 1938.

A moça preferiu não contar nada a ninguém, com medo de a tomarem por louca. Não conseguiu dormir, e mal o galo cantou e o dia amanheceu, retornou ao local em que o bando estava na noite anterior. Ao chegar perto da árvore, não encontrou qualquer vestígio por ali: nenhum rastro no chão, nenhuma madeira queimada, cinzas ou restos de brasas deixados pela fogueira.

O caso da visagem da moça alagoana não é incomum. São inúmeros os relatos, até hoje, sobre assombrações do cangaço. Este é o caso do Fantasma de Poço Redondo, localidade de Sergipe vizinha ao município de Piranhas, de onde partiram os soldados que mataram Lampião, Maria Bonita e outros membros do bando, e degolaram os cangaceiros mortos.

Sobre as aparições do Fantasma, elas já foram relatadas de duas maneiras. Há os que juram ter visto uma cabeça solitária vagar pela região, assombrando os passantes com uma pergunta: "Onde está a minha cova?" Já outros dizem ter cruzado com o Cangaceiro Degolado e afirmam que ele não pergunta nada, apenas percorre os sertões quando a noite cai, provavelmente em busca da cabeça perdida.

Curiosidade

- Histórias envolvendo o cangaço são frequentes na literatura de cordel, forma de poesia popular típica do Nordeste. Um dos cordéis mais famosos chama-se *A chegada de Lampião no inferno*, do poeta José Pacheco, que relata a enorme confusão causada pela chegada do cangaceiro à entrada do inferno, já que o Diabo não quis abrir as portas do reino das trevas para recebê-lo. Como no céu não entraria de jeito algum por causa das atitudes que cometera em vida, restou a Lampião continuar aqui na terra mesmo depois de morto, assombrando os viventes.

LABATUT, o devorador de carne humana

NA DIVISA ENTRE os estados do Ceará e do Rio Grande do Norte, mora um dos monstros mais assustadores do Brasil: Labatut, o devorador de gente.

A descrição que se faz dele é aterrorizante. O monstrengo mora no fim do mundo e em noites de lua cheia deixa seu recinto para caminhar pela Chapada do Apodi e pelas margens dos rios Apodi e Jaguaribe. Os que toparam com a fera garantem que se trata de um gigante de mais de três metros de altura, com vasta cabeleira, presas de elefante, mãos imensas, pés redondos e corpo peludo.

A presença do monstro é sempre anunciada por uma forte ventania. Com olfato e audição argutos, é capaz de escutar qualquer ruído e sentir o cheiro de quem se arrisca a se aproximar dele. O Labatut se alimenta da carne e do sangue humanos, e dá preferência à carne de crianças, que acha mais macia que a dos adultos, portanto mais fácil de devorar.

O nome do monstro comedor de carne humana é uma referência ao general francês Pierre Labatut, que combateu nas guerras de Napoleão Bonaparte, virou mercenário em conflitos militares na América espanhola e acabou sendo contratado por dom Pedro I e José Bonifácio para chefiar tropas brasileiras nas batalhas contra os portugueses na Bahia durante as guerras de independência do Brasil.

Os portugueses da Bahia não aceitaram a emancipação de sua colônia dos trópicos, e combates duríssimos foram travados na região. Labatut ficou conhecido por aplicar castigos físicos terríveis em quem cometesse alguma falha a fim de disciplinar as tropas. Em certa ocasião, mandou fuzilar 51 homens negros aquilombados que não queriam participar das batalhas.

Após a independência, o general permaneceu no Brasil. Em 1832, esteve no Ceará, contratado pelo governo regencial para combater uma rebelião contra o poder central, liderada pelo militar e proprietário rural Joaquim Pinto Madeira, na região do Cariri. Pinto Madeira e seus partidários não aceitaram a abdicação de dom Pedro I e declararam a insubmissão do Cariri ao governo que assumira no lugar do imperador. O líder da rebelião acabou preso e fuzilado, e o general Labatut ficando conhecido como um combatente extremamente violento e inclemente com seus adversários.

A fama do general Labatut entranhou-se de tal forma no imaginário da região que acabou servindo de inspiração para o monstro comedor de gente, malvado feito o Diabo e mais cruel que o Lobisomem.

Curiosidade

É comum nas histórias fantásticas a presença de cachorros que têm a capacidade de sentir coisas que os humanos não sentem. Os cães são, por exemplo, capazes de perceber a presença de monstros, fantasmas e visagens que enganam os humanos. Por isso, o povo conta que são os cães que dão o primeiro sinal de que o Labatut saiu para caçar. Ao sentirem de longe o cheiro do monstro, eles latem de forma ininterrupta, como se mandassem um recado: corram e se tranquem em suas casas!

MAPINGUARI, o ciclope amazônico

IMAGINEM UM MONSTRO peludo, de mais de três metros de altura, com uma armadura feita de casco de tartaruga, garras imensas e pés com a forma de mãos de pilão. Para piorar, a boca do bicho fica no lugar do umbigo e ele tem apenas um olho, no meio da testa. Esse é o Mapinguari, gigante devorador de gente que passeia pelas vastidões amazônicas assombrando os ribeirinhos.

Na mitologia grega, os ciclopes são gigantes com um olho só, localizado no meio da testa. Eles trabalham com Hefesto, o deus do ferro, forjando os raios disparados por Zeus nas grandes tempestades.

Mas quem é o gigante de um olho só que, bem distante da Grécia, vive nas matas do Norte do Brasil? Há quem diga que alguns indígenas, quando atingem idade avançada, se transformam no Mapinguari e passam a viver solitariamente no interior da grande floresta. Outros dizem que ele foi um valente caçador que um dia se transformou no gigante.

Ao contrário de diversos monstros noturnos, o Mapinguari prefere dormir quando a lua está alta e caminhar quando o sol se levanta, quebrando galhos com a força de sua pisada. É capaz de dilatar o aço com um simples sopro, solta urros impressionantes e fede como carne estragada e alho podre. Destemido, enfrenta os caçadores que ousam invadir seus domínios, e aqueles que conseguem sobreviver ao seu ataque costumam levar no corpo as marcas de suas grandes garras.

Curiosidade

De onde teria surgido o Mapinguari? Algumas pessoas acreditam que a origem da crença no monstro é muito antiga, talvez ligada ao achado de algum esqueleto de uma preguiça-gigante, animal que viveu na Amazônia em um passado remoto. De toda forma, é provável que o Mapinguari seja um monstro relativamente recente. Não há referências sobre ele em relatos anteriores ao final do século XIX. Os primeiros testemunhos sobre um monstro que assustava e devorava gente vêm de seringueiros que foram para a Amazônia na época do ciclo da borracha.

Uma hipótese para o nome do monstrengo, levantada por Luís da Câmara Cascudo, é a de que derive do tupi, de uma contração de *mbaé-pi-guari*, que designa aquele que tem o pé torto, retorcido, ao avesso.

CAIPORA,
a encantada das matas

QUEM É A CAIPORA? Relatos sobre esse ser encantado são registrados em diversas partes do Brasil desde o século XVI. Para uns, a Caipora é uma mulher indígena forte e baixinha, com longa cabeleira vermelha. Para outros, é na verdade um homem montado em um porco-do-mato. Algumas versões a descrevem como baixinha, e outras, como um gigante.

De toda forma, a Caipora é uma protetora dos bichos, capaz até de ressuscitar animais mortos em caçadas, e aterroriza caçadores que penetram seus domínios. Ela teme a claridade, e por isso convém usar tochas acesas ao andar na mata à noite, para espantá-la. Gosta de tabaco e bebida, boas opções de oferendas para quem quiser agradá-la.

Diversos relatos sobre a Caipora guardam semelhanças com encantados protetores de animais nas matas da Argentina, o Yastay, e do Chile, o Anchimallen, um anãozinho com cabeleira vermelha.

Curiosidade

O Curupira e a Caipora são versões do mesmo ser encantado? Tem quem acredite que sim. Há, entretanto, uma pequena diferença entre eles: enquanto o Curupira costuma ser descrito como um protetor das florestas, a Caipora é a protetora dos animais que nelas habitam.

No Brasil rural, era comum dizer que alguém "estava com caipora" caso o sujeito estivesse numa maré de azar. Provavelmente, a origem da expressão vem da crença de que o caçador que não teve sorte na caçada sofreu com a maldição da Caipora.

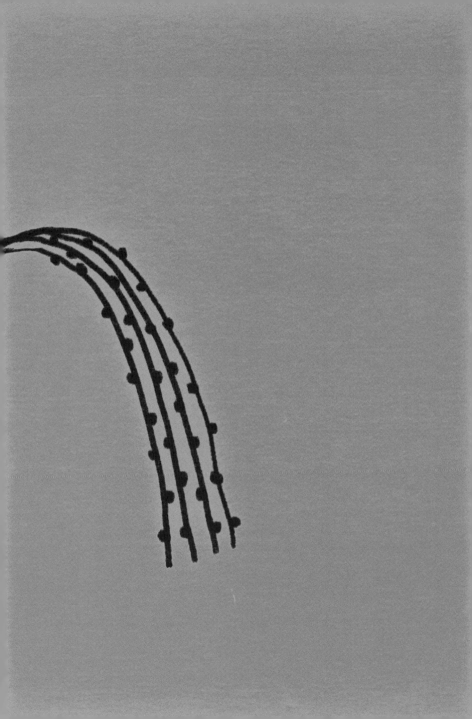

CONTAM MUITAS HISTÓRIAS sobre a Comadre Fulozinha, encantada das matas e sertões do Nordeste do Brasil. Em regiões de Pernambuco, Paraíba, Rio Grande do Norte e Ceará, falam que ela foi uma menina que viveu os tempos do Brasil colonial. Desgostosa com as maldades que o pai, um rico dono de terras, cometia contra a mãe, de origem indígena, ela um dia fugiu para a floresta e se encantou para proteger os animais e as plantas. Há quem diga que a menina não fugiu, mas se perdeu na mata e por lá morreu de fome. Outros afirmam que Fulozinha é uma jovem cabocla com cabelos tão longos que chegam aos pés.

Dentre os truques mais famosos de Fulozinha, está o de fazer nós nas crinas e rabos dos cavalos de caçadores, que só podem ser desfeitos por ela mesma, caso seja agraciada com mingau de aveia, mel e doces. Aos que entram nas matas com o intuito de maltratar os animais, ela castiga com um chicote feito de cipós. Seu assobio é traiçoeiro; quando parece que soa longe, baixinho, é porque Fulozinha está por perto.

Além disso, a Comadre pertence ao extenso time de criaturas fantásticas evocadas para disciplinar crianças malcriadas. Fulozinha não gosta de quem maltrata os pais e costuma colocar as crianças desobedientes nos telhados de suas casas em noites escuras.

Curiosidades

A Comadre Fulozinha é bastante confundida com a Caipora, certamente porque ambas protegem as matas. Quem se confunde, porém, desperta a fúria da Comadre e é punido com uma surra de urtiga, planta que, em contato com o corpo, provoca uma coceira que parece não ter fim.

A Comadre Fulozinha é também cultuada em terreiros de catimbó, culto religioso de origem indígena baseado no uso da jurema, uma bebida feita com raízes, cascas e folhas da árvore de mesmo nome. Nos terreiros, Fulozinha baixa nos corpos das iniciadas para trabalhar com folhas sagradas em rituais de cura.

NO IMAGINÁRIO FANTÁSTICO, sereias são encantadas híbridas, metade mulher e metade peixe. Vivem em mares ou rios, são extremamente belas, cantam com uma voz divina e atraem para o fundo das águas aqueles que escutam suas cantigas. Na mitologia das civilizações que se construíram em torno da arte da navegação, é comum encontrar lendas sobre mulheres encantadas que seduzem e atraem marujos para os seus domínios.

Para os antigos gregos, as sereias eram parte mulher, parte pássaro. Conhecidas como sirenas, elas eram mulheres condenadas a viver em uma ilha isolada por terem ofendido a deusa Afrodite. Na *Odisseia*, de Homero, o personagem Ulisses conseguiu não se deixar seduzir pelas sirenas colocando cera nos ouvidos de sua tripulação e nos seus próprios. Amarrou-se também ao mastro do navio para conseguir escutá-las sem correr o risco de se atirar nas águas.

Na Idade Média europeia, as sereias começam a ser citadas não como mulheres-pássaros, mas como mulheres-peixes. Em Portugal, temia-se muito as Mouras Encantadas, que seduziam os homens com sua beleza estonteante e seu canto apaixonado. Vítimas de feitiços, viviam próximo às nascentes de rios e fontes de águas cristalinas, prometendo tesouros e penteando seus longos cabelos com pentes de ouro.

Entre os africanos, a presença de mulheres-peixes também é registrada. Um exemplo é a Kianda, mulher encantada que habita os mares e rios de Angola, guardando tesouros, atraindo homens e protegendo em seus braços e cabelos os afogados. Para os iorubás, povo que habita a região entre a Nigéria e o Benin, a orixá Iemanjá, muito popular nas religiões afro-brasileiras, é a mãe das águas, dos encontros entre rios e mares, sendo a protetora dos peixes e senhora do bailado das marés. O próprio nome Iemanjá vem do iorubá *yéyé omo ejá*, que significa "mãe cujos filhos são peixes".

É muito provável que, do encontro entre essas encantarias europeias e africanas e as visagens indígenas ligadas ao reino das águas, tenha surgido a Uiara, ou Iara, a mãe-d'água presente, especialmente, na região amazônica do Brasil.

Uma das versões mais conhecidas sobre a Uiara diz que ela era uma moça bonita e valente, filha de um pajé. O talento para a guerra da moça despertou a inveja de seus irmãos, que resolveram matá-la; foi ela, entretanto, que matou aqueles que a atacaram.

Ao saber do ocorrido, o pajé jogou a filha no encontro das águas entre os rios Negro e Solimões. Ela teria morrido, se não fosse socorrida pelos peixes e transformada em uma sereia que canta nas noites de lua cheia, atraindo os homens para os seus domínios.

Outra versão diz que Uiara era uma moça muito bonita que, a pedido de um pajé, foi colher milho em uma plantação distante. Ao longo do caminho, ela se encantou com um lindo igarapé onde dezenas de pássaros cantavam, e decidiu se desviar do trajeto até o milharal para se banhar e cantar com eles. Uiara passou tanto tempo brincando no igarapé que acabou adormecendo. Quando acordou, a noite era alta, e a moça percebeu que não sabia mais como retornar à aldeia. No dia seguinte, tentou voltar, mas foi atacada por onças-pintadas. Ajudada pelos peixes, ela se atirou nas águas para fugir das onças e ali mesmo se encantou.

Desde então, a Uiara vive nos rios. Como não gosta de ficar sozinha, costuma cantar durante as noites de lua cheia com a intenção de atrair pescadores para o fundo das águas.

Curiosidade

Na região do São Francisco, os ribeirinhos dizem que o rio adormece à meia-noite, durante dois minutos, todos os dias. Enquanto o rio dorme, a mãe-d'água canta e, do fundo das águas, os afogados saem para dançar com as estrelas, embalados pelo canto da sereia. Observar o voo dos afogados não é uma boa ideia, pois quem assiste à dança dos que moram nas águas acaba endoidecendo.

 O poeta Paulo César Pinheiro escreveu, sobre o sono do rio, os seguintes versos:

> Meia-noite o rio dorme
> Mais ou menos dois minutos
> Para nós é um tempo curto
> Pra Uiara é um tempo enorme.

O **COME-LÍNGUA** e o Pé-de-Garrafa

A REGIÃO PANTANEIRA de Mato Grosso do Sul é repleta de todo tipo de monstro e assombração. De protetores das matas e animais gigantescos a fantasmas que vagam pelos campos e rios assustando as pessoas e praticando maldades, o que não falta são criaturas fantásticas.

O Come-Língua, por exemplo, é um menino que, por contar muitas mentiras, foi praguejado pela mãe. Ela dizia sempre que a língua do garoto cairia de tanta balela que ele inventava – e o fato é que, no dia em que ele morreu, o cadáver foi encontrado sem a língua.

Desde então, o fantasma dele corre os campos com a boca ensanguentada, arrancando línguas de animais para ver se alguma lhe serve.

Mas não é só o Come-Língua que assombra a região, vive por ali também o terrível Pé-de-Garrafa. Quem topou com ele e sobreviveu diz que é uma criatura horrenda, meio homem e meio bicho, com apenas um pé, em formato de garrafa. Também tem o corpo cheio de pelos, menos na área do umbigo, seu único ponto frágil, que quando alvejado é capaz de matá-lo.

Ele anda aos pulos, deixando a marca do fundo da garrafa no chão, e é incapaz de emitir qualquer palavra, apenas longos assobios, que podem hipnotizar pessoas. Suas vítimas, atraídas para uma caverna pelos silvos, acabam devoradas até os ossos pelo bicho.

Outras assombrações da região são: o Dono dos Porcos, protetor do Pantanal de Nhecolândia; a Anta Sobrenatural, animal gigantesco que ajuda as pessoas, mas quando irritada é capaz de devorar quem a irrita; e o Negro D'Água, criatura fantástica que anda em bandos, gosta de realizar travessuras nos rios, enganando pescadores e afundando embarcações, e é conhecido na região como uma espécie de Saci-Pererê aquático.

Curiosidade

A leitora e o leitor devem ter reparado que o Pé-de-Garrafa não é o primeiro ser sobrenatural que manifesta a sua presença sinistra por meio de assobios. Silvos que anunciam ou evocam visagens, espíritos, sortes e azares são um elemento fantástico comum a diversas culturas.

Em regiões do norte do México, assobiar de noite pode atrair a Lechuza, uma bruxa capaz de se transformar em coruja que gosta de atacar, preferencialmente, pessoas bêbadas e crianças que saem de casa sem a autorização dos pais. Ela lembra em alguma medida a amazônica Matinta Perera, mulher virada na coruja rasga-mortalha, como já vimos aqui

Os navajos, povo originário da América do Norte, creem que assobiar pode atrair a Yee Naaldlooshii, feiticeira capaz de trocar de pele e realizar atrocidades. Os povos originários do Havaí acreditam que assobiar de noite atrai os Huaka'i Pō, os marchadores, espíritos noturnos que vagam pela noite cantando, batendo conchas e invocando a morte para quem cruza seu caminho.

Na Oceania, o povo Noongar, original do sudoeste da Austrália, crê que assobios noturnos atraem os Warra Wirrin, espíritos malignos capazes de trazer a morte para quem os conjura. Os Maoris, da Nova Zelândia, acreditam que os Kehua, entidades sobrenaturais noturnas, se comunicam por assobios, que por isso devem ser evitados. Os exemplos são vários e abarcam culturas do mundo todo.

Curiosamente, apenas quando se assobia à noite, desgraças, espíritos malignos e monstros diversos que se comunicam por meio de silvos são evocados. Assobiar de dia, pelo contrário, tem o poder de atrair coisas boas e espíritos benevolentes. Por via das dúvidas, é conveniente assobiar bastante com o sol alto e fechar o bico quando a lua se levanta.

O **LOBISOMEM**
brasileiro

É BEM PROVÁVEL que o monstro mais popular do mundo seja o Lobisomem. A coisa é tão séria que existe até um nome para designar a transformação de homens em lobos em virtude de pragas e maldições: licantropia.

A expressão se origina de uma história da mitologia grega, descrita pelo poeta Ovídio no livro *Metamorfoses*. Licão era um rei da região da Arcádia famoso por ser sanguinário e cruel. Chegava até mesmo a mandar matar estrangeiros só por visitarem seu reino.

Sabendo da fama de Licaão, Zeus, a maior autoridade divina da Grécia Antiga, foi ao palácio da Arcádia saber se aquilo era mesmo verdade. Durante o jantar, o rei ofereceu carne humana ao deus, que, enfurecido com o cardápio, destruiu o palácio real e transformou o rei em um lobo. Teria sido essa a origem do primeiro Lobisomem?

É impossível responder a esta pergunta. É provável, entretanto, que a partir do mito de Licaão a crença na transmutação de homens em lobos tenha se espalhado pela Europa. São diversos os povos que incluem em seus mitos homens metamorfoseados em feras: o Versipélio romano, o Óboroten russo, o Wahrwolf alemão, o Volkodlák eslavo, o Hamtammr nórdico, o Loup-Garou francês, entre outros. Certamente, com os portugueses e os espanhóis, a crença nos homens condenados a se transformar em lobos desembarcou na América Latina e por aqui ganhou características locais.

Em diversas regiões do Brasil, há algumas situações que podem levar o sujeito a virar um lobo: ser o primeiro homem nascido de um casal que tem seis filhas, ter sido gerado em uma relação incestuosa, ser o oitavo filho homem de um casal, herdar a triste condição do pai ou do avô ou ser mordido por outro Lobisomem.

Para a cultura popular, a primeira transformação de um menino em Lobisomem ocorre aos treze anos de idade, com a chegada da puberdade. A partir daí, a metamorfose acontecerá em todas as noites de lua cheia. Virado em lobo, o monstro vai cumprir a sina de cometer atrocidades como a de devorar crianças não batizadas, perseguir donzelas, comer cadáveres, arrancar as vísceras de bichos e percorrer sete cemitérios durante a madrugada, até a maldição ser temporariamente suspensa ao raiar do sol.

Para pôr um fim à danação, há duas receitas que são tiro e queda: disparar no monstro uma bala de prata ou uma bala banhada em cera de vela de um altar de igreja onde se tenha celebrado três missas do galo. No primeiro caso, a fera morrerá. No segundo, o ferido estará livre da maldição.

Curiosidade

Entranhado na cultura popular brasileira, o lobisomem já integrou o elenco de novelas de grande sucesso. Em uma de 1976, chamada *Saramandaia*, do escritor baiano Dias Gomes, o professor Aristóbulo Camargo, interpretado pelo ator Ary Fontoura, se transformava na fera. Em outra novela do mesmo autor, *Roque Santeiro*, também era um professor – Astromar Junqueira, interpretado por Rui Rezende – que sofria de licantropia e passava as noites de lua cheia percorrendo cemitérios.

Dica musical

Lobisomens já foram cantados em diversas composições brasileiras. Uma das mais famosas é a "Canção da meia-noite", assinada por Zé Flávio, que fez grande sucesso ao ser gravada pelo grupo Almôndegas, do Rio Grande do Sul:

Quando à meia-noite me encontrar

Junto a você

Algo diferente eu vou sentir

Vou precisar me esconder

Na sombra da lua cheia

Neste medo de ser...

Um vampiro, um lobisomem, um saci-pererê

Um vampiro, um lobisomem, um saci-pererê

Nasceu o filho do DIABO!

CORRIA O ANO de 1975, o jornal *Notícias Populares*, com grande circulação em São Paulo, trazia uma manchete, na edição do dia 11 de maio, que assustou os leitores: Nasceu o Bebê Diabo!

A notícia dizia que a criança demoníaca tinha nascido em um hospital da cidade de São Bernardo do Campo. Com chifres, rabo, barbicha e muito falante, o bebê causou correria e pânico entre médicos e enfermeiras, além de ter ameaçado a própria mãe de morte e profetizado o fim do mundo.

Fugindo do hospital, o filho do capeta começou a ser visto em diversos lugares da cidade. Certa feita, o Bebê Diabo fez sinal para um táxi. O motorista, desatento, não percebeu de imediato que estava conduzindo a sinistra criança, mas, ao se dar conta, perguntou ao bebê aonde ele queria ir, e a resposta veio de imediato: "Toca para o inferno!" O motorista desmaiou, e quando finalmente acordou, horas depois, se viu na porta de um cemitério.

Durante certo tempo, o Bebê Diabo levou pânico a São Bernardo do Campo. Relatos de que ele teria sido visto andando pelos telhados das casas e prédios da cidade não paravam de circular. As ruas ficavam desertas ao cair da noite, e rondas policiais buscavam acalmar a população.

Depois de apavorar a cidade durante 21 dias, o Bebê Diabo, segundo o jornal que acompanhava a sua saga assombrada, sumiu. Uns dizem que foi visto na Bahia, outros garantem que ele foi assombrar o Rio de Janeiro.

Tempos depois, surgiram denúncias de que o nascimento do cramulhão de São Bernardo teria sido inventado pelo jornal com a intenção de aumentar as vendas. Essa versão dos fatos não convenceu grande parte da população, que jura de pé junto que o filho do capeta anda escondido por aí e teme o fim do mundo anunciado por ele.

Curiosidade

- Relatos de nascimentos de filhos do Diabo, ou de crianças que viraram mortas-vivas pelas maldades que fizeram, são comuns na cultura popular. A novidade do Bebê Diabo está no fato de que ele nasceu em uma cidade grande, ao contrário de assombrações como o Cabeça de Cuia, o Romãozinho e o Corpo-Seco, que surgiram nas zonas rurais.

A **LOIRA** do Banheiro

OS ESPECIALISTAS EM evocar monstros, assombrações, fantasmas e almas penadas dizem que a Loira do Banheiro não costuma aparecer do nada. Ela precisa ser evocada em uma espécie de ritual, sempre em banheiros de escolas. O rito tem algumas variações, mas quem já conseguiu evocar a assombração garante que é preciso puxar três vezes a descarga da privada ao chamá-la, mentalizando a defunta.

Dizem que a Loira é o espírito de uma jovem que viveu no século XIX, em Guaratinguetá, São Paulo. Maria Augusta foi obrigada pelo pai a se casar com um homem velho e ranzinza. Revoltada, vendeu objetos que possuía e fugiu para a Europa – Paris, Londres ou Roma; há controvérsias que a própria assombração nunca explicou quando inquirida pelos alunos mais corajosos. No exterior, a moça morreu aos vinte e poucos anos de causa desconhecida.

A família trouxe o corpo para o Brasil, e a mãe tomou a mórbida decisão de não enterrar o corpo da filha, e sim embalsamá-lo e guardá-lo em uma redoma de vidro. A morta não gostou disso e passou a aparecer nas circunstâncias mais diversas, sempre rogando pelo sepultamento.

Passado certo tempo, a casa da família da moça morta foi vendida e virou uma escola pública, que em 1916 foi parcialmente destruída por um incêndio. Após a reconstrução, estudantes revelaram que o fantasma de mulher de cabelos louros, vestida de branco, com algodões ensanguentados nas narinas, começou a abordar as pessoas, pedindo água e clamando pelo direito de ser sepultada.

De Guaratinguetá, o mistério da Loira se espalhou por escolas de todo o Brasil. Consta que até hoje ela continua aparecendo sempre que convocada com a minúcia ritual que o chamamento dos mortos exige.

A GALEGA do cemitério

O CEMITÉRIO DE Santo Amaro é um dos mais famosos de Recife, capital de Pernambuco, não só porque ali estão enterradas celebridades, mas também por causa de inúmeras histórias de assombrações que marcam o local. Uma delas, talvez a mais temida, é a de uma mulher loira que gosta de assustar quem passa por ali perto da meia-noite: a Galega de Santo Amaro.

Foi na década de 1970 que um motorista de ônibus jurou ter embarcado uma passageira que pediu para descer no ponto final da viagem, em uma garagem próxima ao cemitério. Como achou a moça muito estranha, o motorista resolveu observá-la para ver qual seria o seu destino. A Galega entrou calmamente no cemitério e o corajoso motorista foi atrás. Logo depois do cruzeiro das almas, a mulher parou na frente de uma sepultura e desapareceu. Apavorado, o motorista saiu correndo e a história se espalhou.

A partir daí, foram inúmeros os relatos de moradores da região sobre aparições da loira, sempre depois das dez horas da noite. A cena se repetia. Sedutora, ela atraía os homens nas calçadas do cemitério e os convidava para passear entre os túmulos. Os que pensavam estar apenas aceitando o convite de uma mulher passavam por momentos de pavor. Perto de uma sepultura, a loira assumia a imagem de uma caveira e entrava na tumba, deixando as vítimas desacordadas entre os túmulos.

Curiosidade

Cemitérios costumam amedrontar ou entristecer as pessoas, mas você sabia que eles são, muitas vezes, locais turísticos? Diversos cemitérios são visitados pelas obras de arte presentes em alguns túmulos e mausoléus, mas não é só isso. Sepulturas de personalidades famosas também costumam atrair visitantes. Além disso, inúmeras histórias ligadas a cemitérios, como a da Galega de Santo Amaro, despertam a curiosidadade dos visitantes. Existe até um nome para esse tipo diferente de turismo: necroturismo, palavra derivada do grego *nékros* (morto).

RECIFE, a cidade assombrada

RECIFE É UMA das cidades do Brasil com o maior número de relatos sobre fantasmas, assombrações, visagens encantadas, aparições fantásticas etc.

Dentre as mais famosas assombrações da cidade, estão o Boca de Ouro, uma espécie de zumbi que se aproxima de caminhantes solitários e abre um sorriso sinistro de caveira com dentes de ouro; a Velha do Caxangá, que entra em ônibus vazios carregando uma mala com ossos humanos e mortalhas; e a Emparedada da Rua Nova, fantasma de uma moça do século XIX que, em virtude de uma gravidez indesejada, teria sido emparedada viva pelo próprio pai.

Há ainda o caso do Visconde Saint-Roman, que queria cruzar o Atlântico, na década de 1920, em um avião bimotor. O avião se perdeu na travessia e nunca foi encontrado. Algum tempo depois, porém, começaram a surgir relatos de pessoas que juraram escutar, no meio da noite, um ronco de avião que nunca pousa.

Há quem diga que, apesar da barulheira urbana, em certas horas silenciosas da noite é possível ouvir ainda hoje o barulho do avião dirigido pelo visconde encantado em sua interminável travessia.

Curiosidade

Quem quiser ver um fantasma, tem uma dica infalível: há um lugar em Recife, às margens do rio Capibaribe e quase na saída da cidade, que não deixa os caçadores de fantasmas na mão. É a Cruz do Patrão, monumento construído no final do século XVIII, em um local em que ocorriam execuções de condenados à morte. Dizem que os fantasmas dos condenados costumam aparecer depois da meia-noite. Alguns são calmos; outros, entretanto, costumam perseguir e assombrar os viventes.

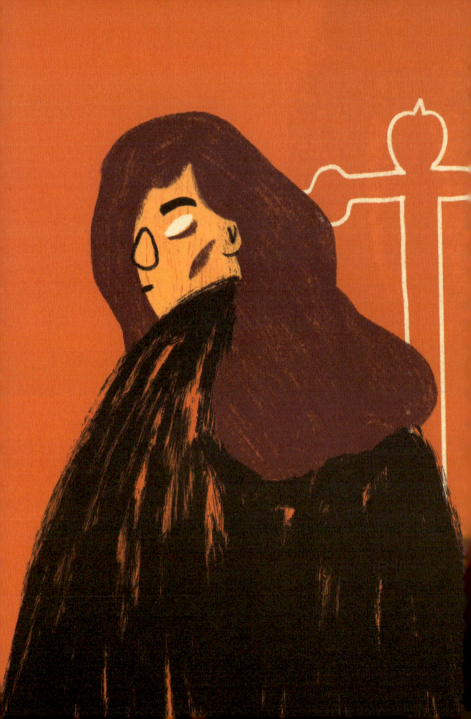

A **MULHER** da Capa Preta

NO CEMITÉRIO NOSSA Senhora da Piedade, em Maceió, capital de Alagoas, há um túmulo que intriga os visitantes por causa da réplica em mármore de uma capa preta. Contam que aquela capa pertence a um dos fantasmas mais famosos da capital alagoana, a Mulher da Capa Preta, cujo corpo foi enterrado ali.

No túmulo se lê o nome "Carolina", no entanto não se sabe muito além disso sobre a moça. Sabe-se apenas que, no início do século XX, ocorreu um grande baile em Maceió, no qual um rapaz passou a noite dançando com uma moça muito bonita. Ele se dispôs a acompanhá-la na volta para casa e, como chovia, a cobriu com a sua capa preta.

A moça deu o endereço ao rapaz e eles começaram a caminhar, no meio do trajeto, porém, ela entrou no cemitério vestindo a capa e sumiu. No dia seguinte, o rapaz, assustado, foi ao endereço que recebera e encontrou apenas os pais da moça. Eles disseram que ela tinha morrido um ano antes.

Incrédulo, o rapaz dirigiu-se ao cemitério acompanhado do casal e lá viu o túmulo da moça, com uma surpresa: a capa preta que havia emprestado a ela envolvia a cruz da sepultura.

Há quem diga que a Mulher da Capa Preta passou a ser vista em diversos bailes e continua saindo nas noites de Maceió, despertando paixões. Muito bonita, sempre disposta a dançar, invariavelmente sai das festas à meia-noite para retornar à sua tumba. Quem conversou com ela afirma que a moça, muito educada, não pretende assustar ninguém. É apenas um fantasma com saudades de dançar.

Curiosidade

Em algumas versões, a tumba da Mulher da Capa Preta é sempre protegida por um gato preto. O felino teria pertencido à moça e continuou a acompanhá-la mesmo depois da morte. Em diversas culturas, gatos foram considerados animais divinos. No Egito Antigo, por exemplo, os gatos representavam a deusa Bastet e chegavam a ser mumificados quando morriam – honra que só era concedida a faraós, sacerdotes e escribas.

Em outras culturas, gatos foram associados ao azar e ao mal. O cristianismo na Idade Média, por exemplo, vinculou o gato preto a ritos satânicos. Tal fato, provavelmente se origina da popularidade que os gatos tinham no mundo pagão – não cristão. Procurando combater o paganismo e afirmar os valores cristãos, a Igreja Católica começou a atribuir sentidos malignos a diversos elementos das culturas pagãs.

O VELHO do Saco

UM DOS MAIS misteriosos e apavorantes personagens que já deram as caras em diversas partes do Brasil é o Velho do Saco – sujeito enrugado e com cara de mau que leva sempre um saco nas costas para sequestrar crianças malcriadas. Há quem ache que ele é a versão urbana do sinistro e popular Bicho-Papão, que anda pelos telhados das casas em busca de crianças levadas que se recusam a dormir. Outros o comparam ao Papa-Figo, uma das figuras mais assustadoras do nosso fabulário mal-assombrado.

Os estudiosos de seres repugnantes sugerem que o Velho do Saco original pode ter sido o espanhol Francisco Leona Romero, que em 1910 atraiu um menino, na Andaluzia, com um saco de balas. O garoto nunca mais foi visto. Relatos parecidos são registrados pelo menos em Portugal, França, Argentina, Chile e Haiti.

Histórias similares à do Velho do Saco se espalharam pelas grandes cidades brasileiras a partir do avanço da urbanização, sobretudo na segunda metade do século XX. Boatos de que o Velho aliciava crianças nas portas das escolas com balas coloridas e as colocava em uma kombi eram muito comuns.

No fim das contas, muitas mães e pais, adeptos de uma espécie de pedagogia do medo, usavam o Velho do Saco para controlar a criançada. Doces e balas oferecidos nas portas das escolas poderiam conter substâncias perigosas e falar com estranhos era sempre um risco. Se temessem o Velho, as crianças certamente seriam mais cautelosas, e os pais ficariam mais tranquilos.

Curiosidade

- Nas áreas rurais de Portugal, o Velho do Saco costumava passar de casa em casa atrás de crianças levadas. Diz a lenda que os pais amarravam uma fita vermelha no pé da cama das crianças mais travessas. Era um sinal de que o Velho poderia levá-las. O pânico da fita vermelha fazia com que as crianças mais atazanadas passassem a se comportar como verdadeiros anjinhos.

O FANTASMA do Largo da Segunda-feira

NÃO É APENAS no Brasil rural que assombrações de decapitados vagam em busca de sua cabeça. No bairro da Tijuca, no Rio de Janeiro, a encruzilhada das ruas São Francisco Xavier e Conde de Bonfim é conhecida como o Largo da Segunda-Feira.

Na região, em 1762, existia um pequeno canavial cortado por um riachinho sobre o qual havia uma ponte. Em certa segunda-feira, mataram um homem ao lado da ponte, decapitaram o cadáver e jogaram a cabeça, com os olhos furados, nas águas. O resto do corpo foi enterrado no local. Certo tempo depois, uma cruz foi erguida para encomendar o defunto (e foi retirada em 1880), e o larguinho passou a ser chamado pelo dia do sinistro acontecimento.

Dizem que o defunto, cujo dia do assassinato nomeou o lugar, virou um fantasma que percorre as ruas do bairro nas madrugadas cortadas pelo vento que sopra da Floresta da Tijuca, indagando aos notívagos sobre o paradeiro de sua cabeça. Os mais velhos chegavam a rezar, todos os anos, uma missa em intenção da alma do decapitado na Igreja de São Francisco Xavier.

Curiosidade

- O cantor Erasmo Carlos cresceu nas imediações do Largo da Segunda-Feira e chegou a compor e gravar uma música sobre a infância que passou na região. O título da música leva o nome do largo. Vale a pena escutar. É uma linda canção de amor. Chega a ser curioso pensar, enquanto escutamos a música, sobre esse detalhe: uma canção tão bonita, que fala de

- amigos e passarinhos, tem como título o nome que
- um lugar recebeu por causa de um crime sinistro.
- A música faz parte de um álbum de Erasmo Carlos
- chamado *Sonhos e memórias*.

Teatros
ASSOMBRADOS

ASSOMBRAÇÕES AVISTADAS EM teatros são muito comuns no Brasil, sobretudo naqueles mais antigos. É difícil encontrar um teatro tradicional que não seja habitado por fantasmas.

O Teatro Santa Roza, no Centro de João Pessoa, na Paraíba, é um exemplo. Inaugurado em 1889, ele é um marco na história das artes paraibanas e foi palco de eventos políticos importantes. O problema é que ao fim dos espetáculos, quando as cortinas se fecham e o palco se apaga, os fantasmas tomam conta do local.

Um dos casos relatados por funcionários do Santa Roza é o do pianista fantasma. Mesmo estando fechado e coberto, às vezes o instrumento toca sozinho durante as madrugadas. Vez por outra os vigias do local ouvem a melodia do piano e, em seguida, uma explosão de palmas, embora não haja ninguém no palco e na plateia.

O Teatro Municipal do Rio de Janeiro não fica atrás. Inaugurado em 1909, o local é frequentado por diversos fantasmas. Funcionários do teatro já ouviram o piano tocar sozinho, uma soprano misteriosa e vestida de branco cantar árias de óperas e uma camareira que, apesar de morta, continua aparecendo nos bastidores. Um desses funcionários jura ter visto, em um dia de concerto, o poeta Olavo Bilac nas galerias. Bilac fez o discurso de inauguração do teatro.

O Teatro Amazonas, inaugurado em Manaus em 1896, é outro frequentado por assombrações. Uma de suas histórias mais famosas envolve a aparição de um pianista que teria morrido havia muito tempo, durante uma queda em um ensaio. Nas noites silenciosas, ele começa a tocar a peça que estava executando quando morreu: uma adaptação para piano do primeiro movimento da 5ª sinfonia de Beethoven.

O Teatro José de Alencar, inaugurado em 1910 na capital do Ceará, Fortaleza, é mais um exemplo de lugar assombrado. Dentre os fantasmas que habitam a casa, o mais famoso é de uma bailarina que frequentemente aparece no palco quando o teatro está vazio. Anunciada por um vento cortante e gelado, a bailarina traja um vestido azul e costuma dançar durante a madrugada, observada apenas por vigias apavorados, e desaparecer depois de dar a última pirueta. Diz a quem por acaso cruzar seu caminho, apavorado: "Não tenha medo. Eu apenas preciso ensaiar."

Curiosidade

Por falar em teatros e artistas, uma das histórias mais sinistras envolvendo um ator é da morte de Sérgio Cardoso. Ele era um grande ator de teatro e de televisão que morreu, precocemente, no dia 18 de agosto de 1972. Sérgio foi enterrado no Rio de Janeiro, no cemitério de São João Batista. Poucos dias após o enterro, alguns jornais populares estamparam em manchetes que ele teria sido enterrado vivo. A notícia que correu a cidade dizia que os vigias do cemitério começaram a ouvir gritos na tumba de Sérgio e barulhos, como se alguém estivesse esmurrando o caixão. A lenda urbana (a história nunca foi confirmada) é a de que Sérgio Cardoso teria sofrido um ataque de catalepsia, uma condição em que a pessoa perde a capacidade de movimentação dos membros do corpo, da fala e da respiração, sendo por isso confundida com a morte. Os boatos de que Sérgio Cardoso teria sido enterrado vivo causaram pânico no Rio de Janeiro. Quem garante que não seremos um dia enterrados vivos também?

Fechando

UM INVENTÁRIO DESTE tipo é sempre inconcluso, seletivo e infindável. A quantidade de monstros, fantasmas, visagens, sortilégios, crendices, medos e encantos de uma cultura tão variada como a brasileira é enorme.

Não custa lembrar que podemos entender o campo da cultura como aquele que reúne as maneiras como os povos constroem os seus sentidos de estar no mundo. Isso inclui as formas de festejar, cantar, comer, se vestir, brincar, dançar, celebrar os nascimentos e lamentar as mortes. E isso envolve as maneiras como lidamos com nossos medos, educamos as crianças, pensamos nos antepassados, nos relacionamos com os fenômenos naturais, estabelecemos padrões de comportamento etc.

A história de um povo é também a história de seus fantasmas, visagens e assombrações; dos monstros que um dia nasceram – sim, os monstros nascem – e que podem perfeitamente morrer. Para isso basta, às vezes, que deixemos de acreditar neles.

Os monstros continuam por aí, seduzindo e atormentando os viventes, revelando os encantos e também as mazelas de uma sociedade. Há quem ache que automóveis são monstrengos de rodas, atazanando a vida das cidades, dominando as pessoas, roubando as almas dos que dependem de carros e ônibus para se locomover em metrópoles. As telas de telefones celulares andam capturando mais gente, e de uma maneira muito mais sem graça, que o canto sedutor da Uiara nos igarapés.

Este livro termina com um convite às novas gerações de brasileiras e brasileiros e àquelas que estão vindo por aí: conversem com os mais velhos, escutem histórias, anotem o que for interessante. Usem o celular – o veneno pode se transformar em remédio – para gravar alguma história fantástica que alguém queira contar. E inventem monstros também, se for o caso.

Vocês devem ter reparado que este livro não tem epígrafe, aquela frase que abre as obras. Ela foi guardada para o fechamento e foi dita pelo escritor João Guimarães Rosa em seu discurso de posse na Academia Brasileira de Letras. De certa forma, tudo está resumindo em uma sentença simples: "O MUNDO É MÁGICO."

Referências

Livros

ANCHIETA, José de. *Cartas: correspondência ativa e passiva*. São Paulo: Edições Loyola, 1984.

ANDRADE, Mário de. *Aspectos do folclore brasileiro*. São Paulo: Global, 2019.

ANDREATO, Elifas e RODRIGUES, João Rocha. *Almanaque da cultura popular*. Rio de Janeiro: Ediouro, 2009.

CASCUDO, Luís da Câmara. *Geografia dos mitos brasileiros*. Rio de Janeiro: José Olímpio, 1976.

_____. *Dicionário do folclore brasileiro*. São Paulo: Melhoramentos, 1980.

_____. *Folclore do Brasil*. São Paulo: Global, 2017.

FRANCHINI, A.S. *As 100 melhores lendas do folclore brasileiro*. Porto Alegre: L&PM, 2011.

FREYRE, Gilberto. *Assombrações do Recife velho*. São Paulo: Global, 2012.

GOMES, Alexandre de Castro. *Folclore de chuteiras*. São Paulo: Petrópolis, 2014.

GULLAR, Ferreira. *O rei que mora no mar*. São Paulo: Global, 2001.

MAGALHÃES, Basílio de. *O folclore do Brasil*. Brasília: Edições do Senado Federal, 2006.

MELLO, Frederico Pernambucano de. *Estrelas de couro: a estética do cangaço*. Recife: Companhia Editora de Pernambuco, 2022.

MUNDURUKU, Daniel. *Contos indígenas brasileiros*. São Paulo: Global, 2004.

NAVARRO, Eduardo de Almeida. *Dicionário de tupi antigo: a língua indígena clássica do Brasil*. São Paulo: Global, 2013.

PRANDI, Reginaldo. *Mitologia dos orixás*. São Paulo: Companhia das Letras, 2001.

SIMAS, Luiz Antonio. *Pedrinhas miudinhas: ensaios sobre ruas, aldeias e terreiros*. Rio de Janeiro: Mórula, 2013.

_____. *Almanaque brasilidades: um inventário do Brasil popular*. Rio de Janeiro: Bazar do Tempo, 2018.

Sites

ALEXANDRIA, L. "Mulher conta que Matinta Perera pediu café na porta do trabalho, após brincar com lenda", *G1*, 2022. Disponível em ‹https://g1.globo.com/pa/para/noticia/2022/10/31/mulher-conta-que-matinta-perera-pediu-cafe-na-porta-do-trabalho-apos-brincar-com-lenda.ghtml›.

MULHERES do cangaço. "Assombração no poço". 2019. Disponível em ‹https://www.mulheresdocangaco.com.br/project/assombracao-no-poco/›.

COSTA, Andrioli. "Colecionador de sacis". Disponível em ‹https://colecionadordesacis.com.br/author/andriollibc/›.

REESE, Stephen. "O que significa assobiar à noite?" Disponível em ‹https://avareurgente.com/o-que-significa-assobiar-a-noite-supersticao›.

SOBANSKY, Saulo. "Qual é a origem da lenda da Loira do Banheiro?", *Superinteressante*, 2020. Disponível em ‹https://super.abril.com.br/mundo-estranho/qual-e-a-origem-da-lenda-da-loira-do-banheiro›.

Este livro foi editado pela Bazar do Tempo na Cidade de São Sebastião do Rio de Janeiro, em setembro de 2024, e impresso em papel Offset 120g/m^2 pela gráfica Leograf. Ele foi composto com a tipografia Nocturno.

Foi lançado na Festa Literária Internacional de Paraty de 2024.

2ª reimpressão, julho 2025